Georges Simenon, écrivain belge de langue française, est né à Liège en 1903. À seize ans, il devient journaliste à *La Gazette de Liège*. Son premier roman, signé sous le pseudonyme de Georges Sim, paraît en 1921 : *Au pont des Arches, petite histoire liégeoise*. En 1922, il s'installe à Paris et écrit des contes et des romans-feuilletons dans tous les genres. Près de deux cents romans parus entre 1923 et 1933, un bon millier de contes, et de très nombreux articles... En 1929, Simenon rédige son premier Maigret : *Pietr le Letton*. Lancé par les éditions Fayard en 1931, le commissaire Maigret devient vite un personnage très populaire. Simenon écrira en tout soixante-douze aventures de Maigret (ainsi que plusieurs recueils de nouvelles). Peu de temps après, Simenon commence à écrire ce qu'il appellera ses « romans-romans » ou ses « romans durs » : plus de cent dix titres, du *Relais d'Alsace* (1931) aux *Innocents* (1972). Parallèlement à cette activité littéraire foisonnante, il voyage beaucoup. À partir de 1972, il décide de cesser d'écrire. Il se consacre alors à ses vingt-deux *Dictées*, puis rédige ses gigantesques *Mémoires intimes* (1981). Simenon s'est éteint à Lausanne en 1989. Beaucoup de ses romans ont été adaptés au cinéma et à la télévision.

D1639190

GEORGES SIMENON

# *Maigret aux Assises*

PRESSES DE LA CITÉ

ISBN : 978-2-253-14237-9  –  1<sup>re</sup> publication LGF

*A Denise*

# 1

Etait-il venu ici deux cents, trois cents fois ? davantage encore ? Il n'avait pas envie de les compter, ni de se remémorer chaque cas en particulier, même les plus célèbres, ceux qui étaient entrés dans l'histoire judiciaire, car c'était le côté le plus pénible de sa profession.

La plupart de ses enquêtes, pourtant, n'aboutissaient-elles pas à la Cour d'Assises, comme aujourd'hui, ou en Correctionnelle ? Il aurait préféré l'ignorer, en tout cas rester à l'écart de ces derniers rites auxquels il ne s'était jamais complètement habitué.

Dans son bureau du Quai des Orfèvres, la lutte qui s'achevait le plus souvent aux petites heures du matin était encore une lutte d'homme à homme, pour ainsi dire à égalité.

Quelques couloirs à franchir, quelques escaliers, et c'était un décor différent, un autre monde, où les mots n'avaient plus le même sens, un univers abstrait, hiératique, à la fois solennel et saugrenu.

Il venait, en compagnie des autres témoins, de quitter le prétoire aux boiseries sombres où se mélangeaient la lumière des globes électriques et la grisaille d'une après-midi pluvieuse. L'huissier, que Maigret aurait juré avoir toujours connu aussi vieux, les conduisait vers une pièce plus petite, comme un maître d'école conduit ses élèves, et leur désignait les bancs scellés aux murs.

La plupart allaient s'asseoir docilement et, obéissant aux recommandations du président, ne disaient pas un mot, hésitaient même à regarder leurs compagnons.

Ils regardaient droit devant eux, tendus, renfermés, conservant leur secret pour l'instant solennel où, tout à l'heure, seuls au milieu d'un espace impressionnant, ils seraient interrogés.

On était un peu dans la sacristie. Quand, enfant, il allait chaque matin servir la messe à l'église du village, Maigret éprouvait le même trouble en attendant de suivre le curé vers l'autel éclairé par des cierges tremblotants. Il entendait les pas des fidèles invisibles qui allaient prendre leur place, les allées et venues du sacristain.

De même, à présent, pouvait-il suivre la cérémonie rituelle qui se déroulait de l'autre côté de la porte. Il reconnaissait la voix du président Bernerie, le plus minutieux, le plus tatillon des magistrats, mais peut-être aussi le plus scrupuleux et le plus passionné dans la recherche de la vérité. Maigre et mal portant, les yeux fiévreux, la toux sèche, il avait l'air d'un saint de vitrail.

Puis c'était la voix du procureur Aillevard, qui occupait le siège du ministère public.

Enfin des pas s'approchaient, ceux de l'huissier audiencier qui, entrebâillant l'huis, appelait :

— Monsieur le commissaire de police Segré.

Segré, qui ne s'était pas assis, adressait un coup d'œil à Maigret et pénétrait dans le prétoire, en pardessus, son chapeau gris à la main. Les autres le suivaient un instant des yeux, pensant que ce serait bientôt leur tour et se demandant avec angoisse comment ils allaient se comporter.

On voyait un peu de ciel incolore à travers des fenêtres inaccessibles, si haut placées qu'on les ouvrait et les fermait à l'aide d'une corde, et la lumière électrique sculptait les visages aux yeux vides.

Il faisait chaud, mais c'eût été inconvenant de retirer son pardessus. Il existait des rites, auxquels chacun, de l'autre côté de la porte, était attentif, et peu importait si Maigret venait en voisin, à travers les couloirs

9

du Palais sombre : il portait un manteau, comme les autres, et tenait son chapeau à la main.

On était en octobre. Le commissaire n'était rentré de vacances que depuis deux jours, dans un Paris noyé sous une pluie qui semblait ne pas devoir finir. Il avait retrouvé le boulevard Richard-Lenoir, puis son bureau, avec un sentiment qu'il aurait eu de la peine à définir et où il entrait sans doute autant de plaisir que de mélancolie.

Tout à l'heure, quand le président lui demanderait son âge, il répondrait :

— Cinquante-trois ans.

Et cela signifiait que, selon les règlements, il serait mis à la retraite dans deux ans.

Il y avait souvent pensé et souvent pour s'en réjouir. Mais, cette fois, à son retour de vacances, cette retraite n'était plus une notion vague ou lointaine ; c'était un aboutissement logique, inéluctable, quasi immédiat.

L'avenir, au cours des trois semaines passées dans la Loire, s'était matérialisé en même temps que les Maigret achetaient enfin la maison où s'écouleraient leurs vieux jours.

Cela s'était fait presque à leur corps défendant. Ils étaient descendus, comme les années précédentes, dans un hôtel de Meung-sur-Loire où ils avaient leurs habi-

10

tudes et où les patrons, les Fayet, les considéraient de la famille.

Des affiches, sur les murs de la petite ville, annonçaient la mise en adjudication d'une maison en bordure de la campagne. Ils étaient allés la visiter, Mme Maigret et lui. C'était une très vieille bâtisse qui, avec son jardin entouré de murs gris, faisait penser à un presbytère.

Ils avaient été séduits par les couloirs dallés de bleu, par la cuisine aux grosses poutres qui était de trois marches en contrebas du sol et qui avait encore sa pompe dans un coin ; le salon sentait le parloir de couvent et, partout, les fenêtres à petits carreaux découpaient mystérieusement les faisceaux de soleil.

A la vente, les Maigret, debout au fond de la pièce, s'étaient plusieurs fois interrogés du regard et ils avaient été surpris quand le commissaire avait levé la main tandis que des paysans se retournaient... Deux fois ?... Trois fois ?... Adjugé !

Pour la première fois de leur vie, ils étaient propriétaires et, le lendemain déjà, ils faisaient venir plombier et menuisier.

Ils avaient même, les derniers jours, commencé à courir les antiquaires de la région. Ils avaient acheté, entre autres, un coffre à bois aux armes de François I$^{er}$, qu'ils avaient placé dans le couloir du rez-de-chaussée, près de la porte du salon, où se trouvait une cheminée de pierre.

Maigret n'en avait parlé ni à Janvier, ni à Lucas, à personne, un peu comme s'il avait honte de préparer ainsi l'avenir, comme si c'eût été une trahison à l'égard du Quai des Orfèvres.

La veille, il lui avait semblé que son bureau n'était plus tout à fait le même et, ce matin, dans la chambre des témoins, à écouter les échos du prétoire, il commençait à se sentir un étranger.

Dans deux ans, il pêcherait à la ligne et, sans doute, les après-midi d'hiver, irait-il jouer à la belote avec quelques habitués, dans un coin de café où il avait commencé à prendre des habitudes.

Le président Bernerie posait des questions précises, auxquelles le commissaire de police du IXᵉ arrondissement répondait avec non moins de précision.

Sur les bancs, autour de Maigret, les témoins, hommes et femmes, avaient tous défilé dans son bureau et certains y avaient passé plusieurs heures. Est-ce parce qu'ils étaient impressionnés par la solennité du lieu qu'ils semblaient ne pas le reconnaître ?

Ce n'était plus lui, il est vrai, qui allait les questionner. Ils ne se trouveraient plus en face d'un homme comme eux, mais devant un appareil impersonnel, et ce n'était même pas certain qu'ils comprendraient les questions qui leur seraient posées.

La porte s'entrouvrait. C'était son tour. Comme son collègue du IX$^e$, il tenait son chapeau à la main et, sans regarder à gauche ni à droite, il se dirigeait vers la balustrade en demi-lune destinée aux témoins.

— Vos nom, prénoms, âge et qualité...

— Maigret, Jules, cinquante-trois ans, commissaire divisionnaire à la Police Judiciaire de Paris.

— Vous n'êtes pas parent de l'accusé ni à son service... Levez la main droite... Jurez de dire la vérité, rien que la vérité...

— Je le jure...

Il voyait, à sa droite, les silhouettes des jurés, des visages qui sortaient, plus clairs, de la pénombre et, à gauche, derrière les robes noires des avocats, l'accusé, assis entre deux gardes en uniforme, le menton sur ses mains croisées, qui le fixait intensément.

Ils avaient passé de longues heures, tous les deux, en tête à tête, dans le bureau surchauffé du Quai des Orfèvres, et il leur était arrivé d'interrompre un interrogatoire pour manger des sandwiches et boire de la bière en bavardant comme des copains.

— Ecoutez, Meurant...

Peut-être Maigret l'avait-il parfois tutoyé ?

Ici, une barrière infranchissable se dressait entre eux et le regard de Gaston Meurant était aussi neutre que celui du commissaire.

Le président Bernerie et Maigret se connaissaient aussi, non seulement pour avoir bavardé dans les couloirs, mais parce que c'était le trentième interrogatoire que l'un faisait subir à l'autre.

Il n'en restait aucune trace. Chacun jouait son rôle comme s'ils eussent été des inconnus, les officiants d'une cérémonie aussi ancienne et rituelle que la messe.

— C'est bien vous, monsieur le divisionnaire, qui avez rédigé l'enquête au sujet des faits dont le tribunal est saisi ?

— Oui, monsieur le président.

— Tournez-vous vers messieurs les jurés et dites-leur ce que vous savez.

— Le 28 février dernier, vers une heure de l'après-midi, je me trouvais dans mon bureau du Quai des Orfèvres lorsque j'ai reçu un coup de téléphone du commissaire de police du IX\ :sup:`e` arrondissement. Celui-ci m'annonçait qu'un crime venait d'être découvert rue Manuel, à deux pas de la rue des Martyrs, et qu'il se rendait sur les lieux. Quelques instants plus tard, un coup de téléphone du Parquet m'enjoignait de m'y rendre à mon tour et d'y envoyer les spécialistes de l'Identité Judiciaire et du laboratoire.

14

Maigret entendait quelques toux, derrière lui, des semelles qui remuaient sur le plancher. C'était la première affaire de la saison judiciaire et toutes les places étaient occupées. Probablement y avait-il des spectateurs debout, au fond, près de la grande porte gardée par des hommes en uniforme.

Le président Bernerie appartenait à cette minorité de magistrats qui, appliquant le code de procédure pénale à la lettre, ne se contentent pas d'entendre, aux Assises, un résumé de l'instruction, mais reconstituent celle-ci dans ses moindres détails.

— Vous avez trouvé le Parquet sur les lieux ?

— Je suis arrivé quelques minutes avant le substitut. J'ai trouvé sur place le commissaire Segré, accompagné de son secrétaire et de deux inspecteurs du quartier. Ni l'un ni les autres n'avaient touché à quoi que ce fût.

— Dites-nous ce que vous avez vu.

— La rue Manuel est une rue paisible, bourgeoise, peu passante, qui donne dans le bas de la rue des Martyrs. L'immeuble portant le numéro 27 *bis* se trouve à peu près au milieu de cette rue. La loge de la concierge n'est pas au rez-de-chaussée, mais à l'entresol. L'inspecteur qui m'attendait m'a conduit au second étage où j'ai vu deux portes donnant sur le palier. Celle de droite était entrouverte et, sur une petite plaque de cuivre, se lisait un nom : Mme Faverges.

Maigret savait que, pour le président Bernerie, tout comptait et qu'il ne devait rien omettre s'il ne voulait pas se faire rappeler sèchement à l'ordre.

— Dans l'entrée, éclairée par une lampe électrique à verre dépoli, je n'ai remarqué aucun désordre.

— Un instant. Y avait-il, sur la porte, des traces d'effraction ?

— Non. Elle a été examinée plus tard par des spécialistes. La serrure a été démontée. Il est établi que l'on ne s'est servi d'aucun des instruments généralement utilisés pour les effractions.

— Je vous remercie. Continuez.

— L'appartement se compose de quatre pièces, en plus de l'antichambre. En face de celle-ci se trouve un salon, dont la porte vitrée est garnie de rideaux crème. C'est dans cette pièce, qui communique, par une autre porte vitrée, avec la salle à manger, que j'ai aperçu les deux cadavres.

— Où se trouvaient-ils exactement ?

— Celui de la femme, que j'ai su ensuite s'appeler Léontine Faverges, était étendu sur le tapis, la tête tournée vers la fenêtre. La gorge avait été tranchée à l'aide d'un instrument qui ne se trouvait plus dans la pièce et on voyait, sur le tapis, une mare de sang de plus de cinquante centimètres de diamètre. Quant au corps de l'enfant...

— Il s'agit, n'est-ce pas, de la jeune Cécile Perrin, âgée de quatre ans, qui vivait habituellement avec Léontine Faverges ?

— Oui, monsieur le président. Le corps était recroquevillé sur un canapé Louis XV, le visage enfoui sous des coussins de soie. Comme le médecin de quartier puis, un peu plus tard, le docteur Paul l'ont constaté, l'enfant, après avoir subi un début de strangulation, a été étouffée par ces coussins...

Il y eut une rumeur dans la salle, mais il suffit au président de lever la tête, de parcourir des yeux les rangs de spectateurs, pour que le silence se rétablît.

— Après la descente du Parquet, vous êtes resté dans l'appartement jusqu'au soir avec vos collaborateurs ?

— Oui, monsieur le président.

— Dites-nous quelles constatations vous avez faites.

Maigret n'hésita que quelques secondes.

— Dès l'abord, j'ai été frappé par le mobilier et par la décoration. Sur ses papiers, Léontine Faverges était donnée comme sans profession. Elle vivait en petite rentière, prenant soin de Cécile Perrin dont la mère, entraîneuse de cabaret, ne pouvait s'occuper personnellement.

Cette mère, Juliette Perrin, il l'avait aperçue en entrant dans la salle, assise au premier rang des spectateurs, car elle s'était portée partie civile. Ses cheveux étaient d'un roux artificiel et elle portait un manteau de fourrure.

— Dites-nous exactement ce qui, dans l'appartement, vous a surpris.

— Une recherche inhabituelle, un style spécial qui m'a rappelé certains appartements d'avant les lois sur la prostitution. Le salon, par exemple, était trop feutré, trop mœlleux, avec une profusion de tapis, de coussins et, sur les murs, de gravures galantes. Les abat-jour étaient de couleur tendre, tout comme dans les deux chambres à coucher où il y avait plus de miroirs qu'on en voit d'habitude. J'ai appris, par la suite, qu'en effet Léontine Faverges utilisait autrefois son appartement comme maison de rendez-vous. Après la promulgation des nouvelles lois, elle a continué un certain temps. La brigade des mœurs a eu à s'occuper d'elle et ce n'est qu'après plusieurs amendes qu'elle s'est résignée à cesser toute activité.

— Vous avez pu établir quelles étaient ses ressources ?

— Au dire de la concierge, des voisines et de tous ceux qui la connaissaient, elle avait de l'argent de côté, car elle n'avait jamais été gaspilleuse. Née Meurant, sœur de la mère de l'accusé, elle est arrivée à

18

Paris à l'âge de dix-huit ans et a travaillé quelque temps comme vendeuse dans un grand magasin. A vingt ans, elle a épousé un nommé Faverges, représentant de commerce, qui est mort trois ans plus tard dans un accident d'auto. Le couple habitait alors Asnières. Pendant quelques années, on a vu la jeune femme fréquenter les brasseries de la rue Royale et sa fiche a été retrouvée à la brigade des mœurs.

— Vous avez recherché s'il ne se trouvait pas, dans ses fréquentations d'alors, quelqu'un qui, récemment, aurait pu se souvenir d'elle et lui faire un mauvais parti ?

— Elle passait, dans son milieu, pour une solitaire, ce qui est assez rare. Elle mettait de l'argent de côté, ce qui lui a permis, plus tard, de s'établir rue Manuel.

— Elle avait soixante-deux ans au moment de sa mort ?

— Oui. Elle était devenue grasse mais, autant que j'ai pu en juger, elle avait gardé une certaine jeunesse d'aspect et une certaine coquetterie. D'après les témoins interrogés, elle était fort attachée à la fillette qu'elle avait prise en pension, moins pour le faible revenu que cela lui procurait, paraît-il, que par crainte de la solitude.

— Avait-elle un compte en banque ou à la caisse d'épargne ?

— Non. Elle se méfiait des établissements de crédit, des notaires, des placements en général et conservait chez elle tout ce qu'elle possédait.

— A-t-on retrouvé de l'argent ?

— Très peu, de la monnaie, de petits billets dans un sac à main puis encore de la monnaie dans un tiroir de la cuisine.

— Existait-il une cachette et l'avez-vous découverte ?

— Il semble que oui. Lorsque Léontine Faverges était malade, ce qui est arrivé deux ou trois fois au cours des dernières années, la concierge montait pour faire son ménage et s'occuper de l'enfant. Sur une commode du salon, il y avait un vase chinois garni de fleurs artificielles. Un jour, la concierge, pour épousseter les fleurs, les a retirées du vase et a trouvé, au fond de celui-ci, une poche de toile qui lui a paru contenir des pièces d'or. D'après le volume et le poids, la concierge prétend qu'il y en avait plus de mille. L'expérience a été faite dans mon bureau, avec un sac de toile et un millier de pièces. Il semble qu'elle ait été concluante. J'ai fait interroger les employés des différentes banques des environs. A la succursale du Crédit Lyonnais, on se souvient d'une femme répondant au signalement de Léontine Faverges qui aurait acheté, à plusieurs reprises, des actions au porteur. Un des caissiers, nommé Durat, l'a formellement reconnue d'après sa photographie.

— Il est donc probable que ces actions se trouvaient, comme les pièces d'or, dans l'appartement. Or, vous n'avez rien retrouvé ?

— Non, monsieur le président. Nous avons évidemment recherché des empreintes digitales sur le vase chinois, sur les tiroirs et un peu partout dans l'appartement.

— Sans résultat ?

— Seulement les empreintes des deux occupantes et, dans la cuisine, celle d'un garçon livreur dont l'emploi du temps a été vérifié. Sa dernière livraison date du 27 au matin. Or, d'après le docteur Paul, qui a pratiqué la double autopsie, le crime remonte au 27 février entre cinq heures et huit heures du soir.

— Vous avez interrogé tous les habitants de l'immeuble ?

— Oui, monsieur le président. Ils m'ont confirmé ce que la concierge m'avait déjà dit, à savoir que Léontine Faverges ne recevait aucun homme en dehors de ses deux neveux.

— Vous voulez parler de l'accusé, Gaston Meurant, et de son frère Alfred ?

— D'après la concierge, Gaston Meurant venait la voir assez régulièrement, une ou deux fois par mois, et sa dernière visite remontait à environ trois semaines. Quant au frère, Alfred Meurant, il ne faisait que de rares apparitions rue Manuel, car il était mal vu de sa tante. En questionnant la voisine de palier, Mme Solange Lorris, couturière, j'ai appris qu'une de ses clientes était venue la voir pour un essayage le 27 février, à cinq heures et demie. Cette personne s'appelle Mme Ernie et habite rue Saint-Georges. Elle affirme qu'au moment où elle montait l'escalier, un homme est sorti de l'appartement de la morte et que, l'apercevant, il a paru se raviser. Au lieu de descendre, il s'est dirigé vers le troisième étage. Elle n'a pu distinguer son visage, car l'escalier est mal éclairé. Selon elle, l'homme était vêtu d'un complet bleu marine et d'un imperméable marron à ceinture.

— Dites-nous comment vous êtes entré en rapport avec l'accusé.

— Pendant que mes hommes et moi examinions l'appartement, dans l'après-midi du 28 février, et que nous commencions à questionner les locataires, les journaux du soir annonçaient le crime et fournissaient un certain nombre de détails.

— Un instant. Comment le crime a-t-il été découvert ?

— Vers midi, ce jour-là, je veux dire le 28 février, la concierge s'est étonnée de n'avoir vu ni Léontine Faverges, ni la gamine qui, d'habitude, fréquentait une école maternelle du quartier. Elle est allée sonner à la porte. Ne recevant pas de réponse, elle est remontée un peu plus tard, toujours sans résultat, et a téléphoné enfin au commissariat. Pour en revenir à Gaston Meurant, la concierge savait seulement qu'il était encadreur et qu'il habitait du côté du Père-Lachaise. Je n'ai pas eu besoin de le faire rechercher car, le lendemain matin...

— Donc, le 1ᵉʳ mars...

— Oui. Le lendemain matin, dis-je, il se présentait spontanément au commissariat du IXᵉ arrondissement en disant qu'il était le neveu de la victime, et le commissariat me l'envoyait...

Le président Bernerie n'était pas de ces juges qui prennent des notes ou qui, en cours d'audience, liquident leur courrier. Il ne somnolait pas non plus et son regard allait sans cesse du témoin à l'accusé, avec, parfois, un bref coup d'œil aux jurés.

— Racontez-nous aussi exactement que possible ce premier entretien que vous avez eu avec Gaston Meurant.

— Il était vêtu d'un complet gris et d'un imperméable beige assez usé. Il paraissait impressionné de se trouver dans mon bureau et il m'a semblé que c'était sa femme qui l'avait poussé à cette visite.

— Elle l'accompagnait ?

— Elle était restée dans la salle d'attente. Un de mes inspecteurs est venu m'en avertir et je l'ai priée d'entrer. Meurant me déclarait qu'il avait lu les journaux, que Léontine Faverges était sa tante et que, comme, avec son frère, il représentait, croyait-il, toute la famille de la victime, il avait cru devoir se faire connaître. Je lui ai demandé quels rapports il entretenait avec la vieille dame et il m'a répondu que ces rapports étaient excellents. Toujours en réponse à mes questions, il a ajouté que sa dernière visite rue Manuel datait du 23 janvier. Il n'a pu me fournir l'adresse de son frère, avec qui il avait cessé toutes relations.

— Donc, le 1$^{er}$ mars, l'accusé a catégoriquement nié s'être trouvé rue Manuel le 27 février, jour du crime.

— Oui, monsieur le président. Interrogé sur son emploi du temps, il m'a dit avoir travaillé, dans son atelier de la rue de la Roquette, jusqu'à six heures et demie du soir. J'ai visité cet atelier par la suite, ainsi que le magasin. Ce dernier, qui n'a qu'une vitrine assez étroite, est encombré de cadres et de gravures. Un crochet à succion, derrière la porte vitrée, permet d'accrocher un écriteau portant la mention : « En cas d'absence, s'adresser au fond de la cour. » Une allée non éclairée y

24

conduit et on trouve en effet l'atelier où Meurant confectionnait ses cadres.

— Il y a une concierge ?

— Non. La maison ne comporte que deux étages auxquels on accède par un escalier qui donne dans la cour. C'est un très vieil immeuble, coincé entre deux maisons de rapport.

Un des assesseurs, que Maigret ne connaissait pas car il était arrivé récemment de province, regardait droit devant lui le public avec l'air de ne rien entendre. L'autre, au contraire, le teint rose, les cheveux blancs, approuvait en dodelinant de la tête toutes les paroles de Maigret dont certaines lui arrachaient, Dieu sait pourquoi, un sourire de contentement. Quant aux jurés, ils restaient aussi immobiles que s'ils avaient été, par exemple, les personnages en plâtre peint d'une crèche de Noël.

L'avocat de l'accusé, Pierre Duché, était un jeune et c'était sa première cause importante. Nerveux, toujours comme prêt à bondir, il se penchait de temps en temps sur son dossier qu'il couvrait de notes.

Seul, aurait-on dit, Gaston Meurant se désintéressait de ce qui se passait autour de lui ou, plus exactement, assistait à ce spectacle comme s'il ne le concernait pas.

C'était un homme de trente-huit ans, assez grand, les épaules larges, avec des cheveux d'un blond roussâtre qui frisaient, un teint de roux, des yeux bleus.

Tous les témoins le décrivaient comme un être doux et calme, peu sociable, qui partageait son temps entre son atelier de la rue de la Roquette et son logement du boulevard de Charonne par les fenêtres duquel on découvrait les tombes du Père-Lachaise.

Il représentait assez bien le type de l'artisan solitaire, et si quelque chose étonnait, c'était la femme qu'il avait choisie.

Ginette Meurant était petite, fort bien faite, avec ce regard, cette moue aux lèvres, ce genre de corps qui font tout de suite penser aux choses amoureuses.

De dix ans moins âgée que son mari, elle paraissait encore plus jeune que son âge et elle avait l'habitude enfantine de battre des cils avec l'air de ne pas comprendre.

— Quel emploi du temps l'accusé vous a-t-il fourni pour le 27 mars de dix-sept heures à vingt heures ?

— Il m'a dit avoir quitté son atelier vers six heures et demie, éteint les lampes dans le magasin et être rentré chez lui à pied comme il en avait l'habitude. Sa femme n'était pas dans l'appartement. Elle était allée au cinéma, à la séance de cinq heures, ce qui lui arrive assez souvent. Nous avons le témoignage de la caissière. Il s'agit d'un cinéma du faubourg Saint-Antoine, dont elle est une habituée. Quand elle est rentrée, un peu avant huit heures, son mari avait mis la table et préparé le dîner.

— C'était courant ?

— Il semble que oui.

— La concierge du boulevard de Charonne a vu rentrer son locataire ?

— Elle ne s'en souvient pas. L'immeuble comporte une vingtaine d'appartements et, en fin d'après-midi, les allées et venues sont nombreuses.

— Avez-vous parlé à l'accusé du vase, des pièces d'or et des titres au porteur ?

— Pas ce jour-là, mais le lendemain, 2 mars, quand je l'ai convoqué à mon bureau. Je venais seulement d'entendre parler de cet argent par la concierge de la rue Manuel.

— L'accusé a paru être au courant ?

— Après avoir hésité, il a fini par me dire que oui.

— Sa tante l'avait mis dans la confidence ?

— Indirectement. Je suis obligé, ici, d'ouvrir une parenthèse. Il y a environ cinq ans, Gaston Meurant, sur les instances de sa femme, semble-t-il, a abandonné son métier pour racheter, rue du Chemin-Vert, un fonds de café-restaurant.

— Pourquoi dites-vous « sur les instances de sa femme » ?

— Parce que celle-ci, lorsque Meurant l'a connue, il y a huit ans, était serveuse dans un restaurant du faubourg Saint-Antoine. C'est en y prenant ses repas que Meurant l'a rencontrée. Il l'a épousée et, d'après elle, a insisté pour qu'elle cesse de travailler. Meurant l'admet aussi. L'ambition de Ginette Meurant n'en était pas moins d'être un jour la patronne d'un café-restaurant et, quand l'occasion s'en est présentée, elle a insisté auprès de son mari...

— Ils ont fait de mauvaises affaires ?

— Oui. Dès les premiers mois, Meurant a été obligé de s'adresser à sa tante pour lui emprunter de l'argent.

— Elle en a prêté ?

— A plusieurs reprises. Selon son neveu, il y avait, dans le vase chinois, non seulement le sac de pièces d'or, mais un portefeuille usé qui contenait des billets de banque. C'est dans ce portefeuille qu'elle prenait les sommes qu'elle lui remettait. En riant, elle appelait ce vase son coffre-fort chinois.

— Vous avez retrouvé le frère de l'accusé, Alfred Meurant ?

— Pas à cette époque. Je savais seulement, par nos dossiers, qu'il menait une existence irrégulière et qu'il avait été condamné deux fois pour proxénétisme.

— Des témoins ont-ils déclaré avoir vu l'accusé dans son atelier l'après-midi du crime, après cinq heures ?

— Pas à ce moment là.

— Portait-il, selon lui, un complet bleu et un imperméable marron ?

— Non. Son complet de tous les jours, qui est gris, et une gabardine beige clair qu'il mettait le plus souvent pour aller à son travail.

— Si je comprends bien, aucun élément précis ne vous permettait de l'accuser ?

— C'est exact.

— Pouvez-vous nous dire sur quoi, dans les jours qui suivirent le crime, a porté votre enquête ?

— D'abord, sur le passé de la victime, Léontine Faverges, et sur les hommes qu'elle avait connus. Nous nous sommes intéressés aussi aux fréquentations de la mère de l'enfant, Juliette Perrin, qui, au courant du contenu du vase chinois, aurait pu en parler à des amis.

— Ces recherches n'ont rien donné ?

— Non. Nous avons interrogé aussi tous les habitants de la rue, tous ceux qui auraient pu voir passer l'assassin.

— Sans résultat ?

— Sans résultat.

— De sorte que, le matin du 6 mars, l'enquête en était encore au point mort.

— C'est exact.

— Que s'est-il passé le matin du 6 mars ?

— J'étais à mon bureau, vers dix heures, lorsque j'ai reçu un coup de téléphone.

— Qui se trouvait à l'autre bout du fil ?

— Je l'ignore. La personne n'a pas voulu dire son nom et j'ai fait signe à l'inspecteur Janvier, qui se tenait à mon côté, d'essayer de repérer la source de l'appel.

— On y a réussi ?

— Non. La communication a été trop brève. J'ai seulement reconnu le déclic caractéristique d'un téléphone public.

— Etait-ce un homme ou une femme qui vous parlait ?

— Un homme. Je jurerais qu'il parlait à travers un mouchoir afin d'assourdir sa voix.

— Que vous a-t-il dit ?

— Textuellement : « Si vous voulez découvrir l'assassin de la rue Manuel, demandez à Meurant de vous montrer son complet bleu. Vous y trouverez des taches de sang. »

— Qu'est-ce que vous avez fait ?

— Je me suis rendu chez le juge d'instruction qui m'a remis un mandat de perquisition. En compagnie de l'inspecteur Janvier, je suis arrivé, à onze heures dix, boulevard de Charonne et, au troisième étage, j'ai sonné à la porte de l'appartement des Meurant. Mme Meurant nous a ouvert. Elle était en robe de chambre, chaussée de mules. Elle nous a dit que son mari était à son atelier et je lui ai demandé s'il possédait un complet bleu.

30

» — Bien sûr, a-t-elle répondu. Celui qu'il porte le dimanche.

» J'ai demandé à le voir. Le logement est confortable, coquet, assez gai mais, à cette heure, il était encore en désordre.

» — Pourquoi voulez-vous voir ce complet ?

» — Une simple vérification...

» Je l'ai suivie dans la chambre à coucher où elle a pris un costume bleu marine dans l'armoire. Je lui ai montré alors le mandat de perquisition. Le complet a été enfermé dans un sac spécial que j'avais apporté et l'inspecteur Janvier a établi les documents habituels.

» Une demi-heure plus tard, le costume était entre les mains des spécialistes du laboratoire. Dans le courant de l'après-midi, on me faisait savoir qu'il portait en effet des traces de sang sur la manche droite et sur le revers, mais que je devais attendre le lendemain pour savoir s'il s'agissait de sang humain. Dès midi, cependant, je faisais exercer une surveillance discrète autour de Gaston Meurant et de sa femme.

» Le lendemain matin, 7 mars, deux de mes hommes, les inspecteurs Janvier et Lapointe, munis d'un mandat d'amener, se présentaient à l'atelier de la rue de la Roquette et procédaient à l'arrestation de Gaston Meurant.

» Celui-ci a paru surpris. Il a dit, sans se révolter :

» — C'est certainement un malentendu.

» Je l'attendais dans mon bureau. Sa femme, dans un bureau voisin, se montrait plus nerveuse que lui.

— Pouvez-vous, sans utiliser de notes, nous répéter approximativement l'entretien que vous avez eu avec l'accusé ce jour-là ?

— Je crois que oui, monsieur le président. J'étais assis à mon bureau et je l'avais laissé debout. L'inspecteur Janvier se tenait à côté de lui tandis que l'inspecteur Lapointe s'était assis afin de sténographier l'interrogatoire.

» J'étais occupé à signer du courrier et cela a pris un certain temps. J'ai enfin levé la tête pour dire d'un ton de reproche :

» — Ce n'est pas gentil, Meurant. Pourquoi m'avez-vous menti ?

» Ses oreilles sont devenues rouges. Ses lèvres ont remué.

» — Jusqu'ici, ai-je continué, je ne pensais pas à vous comme à un coupable possible, pas même comme à un suspect. Mais que voulez-vous que je me dise, maintenant que je sais que vous êtes allé rue Manuel le 27 février ? Qu'êtes-vous allé y faire ? Pour quelle raison l'avez-vous caché ?

Le président se penchait, pour ne rien perdre de ce qui allait suivre.

— Que vous a-t-il répondu ?

— Il a balbutié, tête basse :

» — Je suis innocent. Elles étaient déjà mortes.

## 2

Le président, d'un signe discret, devait avoir appelé l'huissier car celui-ci, contournant sans bruit le banc de la Cour, venait se pencher sur lui tandis que Duché, le jeune avocat de la défense, pâle et crispé, s'efforçait de deviner ce qui se passait.

Le président ne prononçait que quelques mots et tout le monde, dans la salle, suivait son regard qui se fixait sur les fenêtres haut percées dans les murs et auxquelles pendaient des cordes.

Les radiateurs étaient brûlants. Une buée invisible, qui sentait de plus en plus l'homme, montait des centaines de corps au coude à coude, des vêtements humides, des respirations.

L'huissier, à pas de sacristain, se dirigeait vers une des cordes, s'efforçait d'ouvrir une fenêtre. Elle résistait. Il s'y reprenait à trois fois et tout restait en suspens, les regards le suivaient toujours, on entendait enfin un rire nerveux quand il décidait d'essayer la fenêtre suivante.

A cause de cet incident, on reprenait conscience du monde extérieur, en voyant des rigoles de pluie sur les vitres, des nuages au-delà, en entendant soudain plus nettement les coups de frein des voitures et des autobus. Il y eut même, à ce moment précis, comme pour ponctuer la pause, la sirène d'une ambulance ou d'une voiture de police.

Maigret attendait, soucieux, concentré. Il avait profité du répit pour jeter un coup d'œil à Meurant et, tandis que leurs regards se croisaient, il avait cru lire un reproche dans les yeux bleus de l'accusé.

Ce n'était pas la première fois qu'à la même barre le commissaire ressentait un certain découragement. Dans son bureau du Quai des Orfèvres, il était encore aux prises avec la réalité et, même quand il rédigeait son rapport, il pouvait croire que ses phrases collaient avec la vérité.

Puis des mois passaient, parfois un an, sinon deux, et il se retrouvait un beau jour enfermé dans la chambre des témoins avec les gens qu'il avait questionnés jadis et qui, pour lui, n'étaient plus qu'un souvenir. Etaient-ce vraiment les mêmes êtres humains, concierges, passants, fournisseurs, qui étaient assis, le regard vide, sur les bancs de la sacristie ?

Etait-ce le même homme, après des mois de prison, dans le box des accusés ?

On était tout à coup plongé dans un univers dépersonnalisé, où les mots de tous les jours ne semblaient plus avoir cours, où les faits les plus quotidiens se traduisaient par des formules hermétiques. La robe noire des juges, l'hermine, la robe rouge de l'avocat général accroissaient encore cette impression de cérémonie aux rites immuables où l'individu n'était rien.

Le président Bernerie, pourtant, menait les débats avec le maximum de patience et d'humanité. Il ne pressait pas le témoin d'en finir, ne lui coupait pas la parole quand il paraissait se perdre dans des détails inutiles.

Avec d'autres magistrats, plus stricts, il était arrivé à Maigret de serrer les poings de colère et d'impuissance.

Même aujourd'hui, il savait qu'il ne donnait, de la réalité, qu'un reflet sans vie, schématique. Tout ce qu'il venait de dire était vrai, mais il n'avait pas fait sentir le poids des choses, leur densité, leur frémissement, leur odeur.

Par exemple, il lui paraissait indispensable que ceux qui allaient juger Gaston Meurant connaissent l'atmosphère de l'appartement du boulevard de Charonne telle qu'il l'avait découverte.

Sa description, en deux phrases, ne valait

rien. Il avait été frappé, dès l'abord, par l'habitat du couple, dans cette grande maison, pleine de ménages et d'enfants, qui donnait sur le cimetière.

A l'image de qui étaient les pièces, leur décoration, leur ameublement ? Dans la chambre à coucher, on ne voyait pas un vrai lit, mais un de ces divans d'angle entourés de rayonnages qu'on appelle *cosy-corners*. Il était recouvert de satin orange.

Maigret essayait d'imaginer l'encadreur, l'artisan occupé toute la journée dans son atelier, au fond d'une cour, rentrant de son travail et retrouvant cette ambiance qui rappelait les magazines : des lumières presque aussi tamisées que rue Manuel, des meubles trop légers, trop brillants, des couleurs pâles...

Pourtant, c'étaient bien les livres de Meurant qu'on trouvait dans les rayonnages, rien que des livres achetés d'occasion chez les bouquinistes ou dans les boîtes des quais : *Guerre et Paix*, de Tolstoï ; dix-huit volumes reliés de l'*Histoire du Consulat et de l'Empire*, dans une vieille édition qui sentait déjà le papier moisissant ; *Madame Bovary* ; un ouvrage sur les bêtes sauvages et, tout à côté, une *Histoire des religions*...

On devinait l'homme qui cherche à s'instruire. Dans la même pièce s'empilaient des journaux du cœur, des magazines bariolés, des revues de cinéma, des romans populaires constituant sans doute la nourriture de Ginette Meurant, comme les disques, près du phono, qui ne portaient que des titres de chansons sentimentales.

Comment se comportaient-ils, elle et lui, le soir, puis le dimanche toute la journée ? Quelles paroles échangeaient-ils ? Quels étaient leurs gestes ?

Maigret avait conscience de n'avoir pas donné non plus une idée exacte de Léontine Faverges et de son appartement où, jadis, des messieurs qui avaient une famille, une réputation, rendaient de discrètes visites et où, pour éviter qu'ils se rencontrent les uns les autres, on les escamotait derrière d'épais rideaux.

— *Je suis innocent. Elles étaient déjà mortes...*

Dans le prétoire aussi plein qu'un cinéma, cela sonnait comme un mensonge désespéré parce que, pour le public, qui ne connaissait l'affaire que par les journaux, pour les jurés aussi, sans doute, Gaston Meurant était un tueur qui n'avait pas hésité à s'en prendre à une petite fille, essayant d'abord de l'étrangler puis, nerveux parce qu'elle ne mourait pas assez vite, l'étouffant sous des coussins de soie.

Il était à peine onze heures du matin, mais ceux qui étaient ici avaient-ils encore la notion de l'heure, ou même de leur vie privée ? Parmi les jurés, il y avait un marchand d'oiseaux du quai de la Mégisserie et un petit entrepreneur de plomberie qui travaillait lui-même avec ses deux ouvriers.

Se trouvait-il aussi quelqu'un qui avait épousé une femme dans le genre de Ginette Meurant et qui, le soir, avait les mêmes lectures que l'accusé ?

— Continuez, monsieur le commissaire.

— Je lui ai demandé l'emploi exact de son temps dans l'après-midi du 27 février. A deux heures, comme d'habitude, il a ouvert son magasin et a suspendu derrière la porte la pancarte priant de s'adresser à l'atelier. Il s'y est rendu, a travaillé à plusieurs cadres. A quatre heures, il a allumé les lampes et est retourné au magasin pour éclairer la vitrine. Toujours selon lui, il était dans son atelier quand, un peu après six heures, il a entendu des pas dans la cour. On a frappé à la vitre.

» C'était un vieux monsieur, qu'il prétend n'avoir jamais vu. Il cherchait un cadre plat, de style romantique, de quarante centimètres sur cinquante-cinq, pour une gouache italienne qu'il venait d'acheter. Meurant lui aurait montré des baguettes de différentes largeurs. Après s'être informé du prix, le vieux monsieur serait parti.

— On a retrouvé ce témoin ?

— Oui, monsieur le président. Seulement trois semaines plus tard. C'est un nommé Germain Lombras, professeur de piano, qui habite rue Picpus.

— Vous l'avez interrogé personnellement ?

— Oui, monsieur le président. Il affirme qu'il est bien allé, un soir, un peu après six heures, dans l'atelier de Meurant. Il était passé par hasard devant le magasin alors que, la veille, il avait acheté un paysage napolitain chez un brocanteur.

— Il vous a dit comment l'accusé était habillé ?

— Meurant, paraît-il, portait un pantalon gris sous une blouse de travail écrue et avait retiré sa cravate.

Le procureur Aillevard, qui, au siège du ministère public, suivait la déposition de Maigret dans le dossier ouvert devant lui, fit mine de demander la parole et le commissaire se hâta d'ajouter :

— Il a été impossible au témoin de préciser si cette scène se place le mardi ou le mercredi, c'est-à-dire le 26 ou le 27 février.

C'était au tour de la défense de s'agiter. Le jeune avocat, à qui tout le monde promettait un brillant avenir, le jouait, en somme, dans cette affaire. Il devait, coûte que coûte, donner l'impression d'un homme sûr de lui et de la cause qu'il défendait, et il s'efforçait d'imposer l'immobilité à ses mains qui le trahissaient.

Maigret poursuivait d'une voix impersonnelle :

— L'accusé prétend qu'après cette visite il a fermé l'atelier, puis le magasin, avant de se diriger vers l'arrêt d'autobus.

— Ce qui situerait son départ aux alentours de six heures et demie ?

— A peu près. Il est descendu de l'autobus en bas de la rue des Martyrs et s'est dirigé vers la rue Manuel.

— Avait-il une intention particulière en rendant visite à sa tante ?

— Il m'a d'abord déclaré que non, que c'était une visite banale, comme il avait l'habitude d'en faire au moins une fois par mois. Deux jours plus tard, cependant, quand nous avons découvert l'histoire de la traite impayée, il est revenu sur sa déposition.

— Parlez-nous de cette traite.

— Le 28, Meurant devait payer une traite assez importante, qui avait déjà été protestée le mois précédent. Il ne possédait pas les fonds nécessaires.

— Cette traite a été présentée ?

— Oui.

— Elle a été payée ?

— Non.

L'avocat général, d'un geste, sembla balayer cet argument en faveur de Meurant, tandis que Pierre Duché se tournait vers les jurés avec l'air de les prendre à témoin.

Le fait avait tracassé Maigret aussi. Si l'accusé, après avoir égorgé sa tante et étouffé la petite Cécile Perrin, avait emporté les pièces d'or et les billets cachés dans le vase chinois, s'il s'était approprié en outre les titres au porteur, pour quelle raison, alors qu'il n'était pas encore soupçonné, qu'il pouvait penser qu'il ne le serait jamais, n'avait-il pas payé la traite, risquant ainsi un jugement en faillite ?

— Mes inspecteurs ont calculé le temps qu'il faut pour se rendre de la rue de la Roquette à la rue Manuel. En autobus, on doit compter, à cette heure-là, une demi-heure environ et, en taxi, vingt minutes sont nécessaires. Une enquête parmi les chauffeurs de taxis n'a rien donné ; pas davantage celle auprès des conducteurs d'autobus. Nul ne se souvient de Meurant.

» Selon ses dépositions successives, qu'il a signées, il est arrivé rue Manuel à sept heures moins quelques minutes. Il n'a rencontré personne dans l'escalier, n'a pas aperçu la concierge. Il a frappé à la porte de sa tante, a été surpris quand, ne recevant pas de réponse, il a aperçu la clé dans la serrure.

» Il est entré et s'est trouvé devant le spectacle précédemment décrit.

— Les lampes étaient allumées ?

— La grande lampe sur pied du salon, qui a un abat-jour couleur saumon. Meurant croit qu'il y avait de la lumière dans d'autres pièces, mais c'est plutôt une impression, car il n'y est pas allé.

— Quelle explication donne-t-il de son comportement ? Pourquoi ne s'est-il pas donné la peine d'appeler un médecin, d'avertir la police...

— Par crainte d'être accusé. Il a vu, ouvert, un tiroir du bureau Louis XV et il l'a refermé. De même a-t-il remis dans le vase chinois les fleurs artificielles qui gisaient par terre. Au moment de s'en aller, il s'est dit qu'en agissant ainsi il avait peut-être laissé des empreintes et il a essuyé le meuble, puis le vase, avec son mouchoir. Il a essuyé aussi le bouton de la porte et, enfin, avant de s'engager dans l'escalier, il a emporté la clé.

— Qu'en a-t-il fait ?

— Il l'a jetée dans un égout.

— Comment est-il rentré chez lui ?

— En autobus. La ligne, pour le boulevard de Charonne, passe par des rues moins encombrées et, paraît-il, il était dans son appartement à sept heures trente-cinq.

— Sa femme n'y était pas ?

— Non. Comme je l'ai dit, elle s'était rendue, pour la séance de cinq heures, dans un cinéma du quartier. Elle allait beaucoup au cinéma, presque chaque jour. Cinq caissières se sont souvenues d'elle au vu de sa photographie. Meurant, en l'attendant, a mis à réchauffer un reste de gigot et de haricots verts, puis il a dressé le couvert.

— Cela lui arrivait souvent ?

— Très souvent.

Il eut l'impression, bien qu'il tournât le dos au public, que tout le monde, les femmes surtout, souriait.

— Combien de fois avez-vous interrogé l'accusé ?

— Cinq fois, dont une fois pendant onze heures. Comme il n'a plus varié dans ses déclarations, j'ai rédigé mon rapport, que j'ai remis au juge d'instruction, et, depuis lors, je n'ai pas eu l'occasion de le revoir.

— Il ne vous a pas écrit, une fois incarcéré ?

— Si. La lettre a été versée au dossier. Il m'affirme une fois de plus qu'il est innocent et me demande de veiller sur sa femme.

Maigret évitait le regard de Meurant, qui avait fait un léger mouvement.

— Il ne vous dit pas ce qu'il entend par là, ni ce qu'il craint pour elle ?

— Non, monsieur le président.

— Vous avez retrouvé son frère ?

— Quinze jours après le crime de la rue Manuel, c'est-à-dire exactement le 14 mars.

— A Paris ?

— A Toulon, où, sans avoir une résidence fixe, il passe le plus clair de son temps, avec de fréquents déplacements le long de la Côte, tantôt vers Marseille, tantôt vers Nice et Menton. Il a d'abord été entendu par la Police Judiciaire de Toulon, sur commission rogatoire. Puis, convoqué à mon bureau, il y est venu, non sans exiger que ses frais de voyage lui fussent versés d'avance. Selon lui, il n'a pas mis les pieds à Paris depuis janvier et il a fourni le nom de trois témoins avec qui il a joué aux cartes, à Bandol, le 27 février. Les témoins ont été entendus. Ils appartiennent au même milieu qu'Alfred Meurant, c'est-à-dire au milieu tout court.

— A quelle date avez-vous remis votre rapport au juge d'instruction ?

— Le rapport définitif, ainsi que les différentes dépositions signées par l'accusé, ont été transmis le 28 mars.

On arrivait au moment délicat. Ils étaient trois seulement à le savoir, parmi ceux qui jouaient un rôle important. Le procureur d'abord, Justin Aillevard, à qui, la veille, à cinq heures, Maigret avait rendu visite dans son bureau du Parquet. Puis, en dehors du commissaire lui-même, le président Bernerie, mis au courant la veille aussi, plus tard dans la soirée, par l'avocat général.

Mais il y en avait d'autres, insoupçonnés du public, qui attendaient aussi ce moment-là, cinq inspecteurs, que Maigret avait choisis parmi les moins connus, cer-

46

tains qui appartenaient à la brigade des mœurs généralement appelée la Mondaine.

Depuis l'ouverture du procès, ils étaient dans la salle, mêlés à la foule, à des points stratégiques, observant les visages, épiant les réactions.

— Officiellement donc, monsieur le commissaire, votre enquête a pris fin le 28 mars.

— C'est exact.

— Depuis cette date, vous est-il arrivé, néanmoins, de vous occuper des faits et gestes de personnes liées de près ou de loin à l'accusé ?

Du coup, l'avocat de la défense se leva, prêt à protester. Il allait dire, sans doute, qu'on n'avait pas le droit d'évoquer, contre son client, des faits qui n'étaient pas consignés dans le dossier.

— Rassurez-vous, maître, lui disait le président. Vous verrez dans un instant que, si j'use de mes pouvoirs discrétionnaires pour évoquer un développement inattendu de l'affaire, ce n'est pas dans le but d'accabler l'accusé.

L'avocat général, lui, regardait le jeune défenseur avec une petite pointe d'ironie, un air quelque peu protecteur.

— Je répète ma question. Le commissaire Maigret a-t-il, en définitive, poursuivi son enquête d'une façon officieuse ?

— Oui, monsieur le président.

— De votre propre chef ?

— En accord avec le directeur de la Police Judiciaire.

— Vous avez tenu le Parquet au courant ?

— Hier seulement, monsieur le président.

— Le juge d'instruction savait-il que vous continuiez à vous occuper de l'affaire ?

— Je lui en ai parlé incidemment.

— Cependant, vous n'agissiez ni sur ses instructions, ni sur celles du procureur général ?

— Non, monsieur le président.

— Il est nécessaire que ceci soit nettement établi. C'est pourquoi j'ai qualifié d'officieuse cette enquête en quelque sorte complémentaire. Pour quelle raison, monsieur le commissaire, avez-vous continué à employer vos inspecteurs à des recherches que le renvoi devant les Assises par la chambre des mises en accusation ne rendait plus nécessaires ?

La qualité du silence, dans la salle, avait changé. On n'entendait plus la moindre toux et aucune semelle ne bougeait sur le plancher.

— Je n'étais pas satisfait des résultats obtenus, grommela Maigret d'une voix bougonne.

Il ne pouvait pas dire ce qu'il avait sur le

48

cœur. Le verbe *satisfaire* n'exprimait qu'imparfaitement sa pensée. Les faits, à son sens, ne collaient pas avec les personnages. Comment expliquer cela dans le cadre solennel des Assises, où on lui demandait des phrases précises ?

Le président avait une aussi longue expérience que lui, plus longue même, des affaires criminelles. Chaque soir, il emportait des dossiers à étudier dans son appartement du boulevard Saint-Germain, où la lumière, dans son bureau, restait souvent allumée jusqu'à deux heures du matin.

Il avait vu défiler, dans le box des accusés et à la barre, des hommes et des femmes de toutes sortes.

Ses contacts avec la vie, pourtant, ne restaient-ils pas théoriques ? Il n'était pas allé, lui, dans l'atelier de la rue de la Roquette, ni dans l'étrange appartement du boulevard de Charonne. Il ne connaissait pas le grouillement de ces immeubles-là, ni celui des rues populeuses, des bistrots, des bals de quartier.

On lui amenait des accusés entre deux gendarmes et, ce qu'il connaissait d'eux, il l'avait découvert dans les pages d'un dossier.

Des faits. Des phrases. Des mots. Mais autour ?

Ses assesseurs étaient dans le même cas. L'avocat général aussi. La dignité même de leurs fonctions les isolait du reste du monde dans lequel ils formaient un îlot à part.

Parmi les jurés, parmi les spectateurs, quelques-uns, sans doute, étaient mieux à même de comprendre le caractère d'un Meurant, mais ceux-là n'avaient pas voix au chapitre ou ne connaissaient rien à l'appareil compliqué de la Justice.

Maigret, lui, n'était-il pas à la fois des deux côtés de la barrière ?

— Avant de vous laisser continuer, monsieur le commissaire, je voudrais que vous nous disiez quel a été le résultat de l'analyse des taches de sang. Je parle de celles qui ont été trouvées sur le complet bleu appartenant à l'accusé.

— Il s'agit de sang humain. De délicates recherches de laboratoire ont démontré ensuite que ce sang et celui de la victime présentent un nombre suffisant de caractéristiques semblables pour qu'il soit scientifiquement certain qu'on se trouve en face d'un même sang.

— Malgré cela, vous avez continué votre enquête ?

— En partie à cause de cela, monsieur le président.

Le jeune avocat, qui s'était préparé à combattre la déposition de Maigret, n'en croyait pas ses oreilles, restait inquiet, tandis que le commissaire poursuivait son raisonnement.

— Le témoin qui a vu un homme en complet bleu et en imperméable marron sortir, vers cinq heures, de l'appartement de Léontine Faverges, est formel quant à l'heure. Cette heure, d'ailleurs, a été confirmée par un commerçant du quartier chez qui cette personne s'est rendue avant d'aller, rue Manuel, chez sa couturière. Si l'on accepte le témoignage Lombras, encore que celui-ci soit moins affirmatif quant à la date de sa visite rue de la Roquette, l'accusé se trouvait encore, en pantalon gris, à six heures, dans son atelier. Nous avons calculé le temps nécessaire pour aller de cet atelier à l'appartement du boulevard de Charonne, puis le temps pour se changer et enfin pour se rendre rue Manuel. Cela représente, au bas mot, cinquante-cinq minutes. Le fait que la traite présentée le lendemain n'ait pas été payée n'a pas été non plus sans me frapper.

— Vous vous êtes donc occupé d'Alfred Meurant, le frère de l'accusé !

— Oui, monsieur le président. En même temps, mes collaborateurs et moi nous nous sommes livrés à d'autres recherches.

— Avant de vous permettre d'en donner le résultat, je tiens à être sûr qu'elles sont étroitement liées à l'affaire en cours.

— Elles le sont, monsieur le président.

Pendant plusieurs semaines, des inspecteurs de la brigade des garnis ont présenté certaines photographies dans un grand nombre d'hôtels meublés de Paris.

— Quelles photographies ?

— Celle d'Alfred Meurant, d'abord. Ensuite celle de Ginette Meurant.

Ce fut l'accusé, cette fois, qui se dressa, indigné, et son avocat dut se lever à son tour pour le calmer et le forcer à se rasseoir.

— Donnez-nous vos conclusions aussi brièvement que possible.

— Alfred Meurant, le frère de l'accusé, est bien connu dans certains quartiers, en particulier aux environs de la place des Ternes et aux alentours de la porte Saint-Denis. Nous avons retrouvé ses fiches, entre autres, dans un petit hôtel de la rue de l'Etoile où il a séjourné à plusieurs reprises, mais rien n'indique qu'il soit venu à Paris après le 1$^{er}$ janvier.

» Enfin, si on l'a vu avec de nombreuses femmes, personne ne se souvient de l'avoir rencontré en compagnie de sa belle-sœur, sinon à une époque qui remonte à plus de deux ans.

Maigret sentait sur lui le regard hostile de Meurant qui avait les deux poings serrés et vers qui l'avocat continuait à se retourner par crainte d'un éclat.

— Continuez.

— La photographie de Ginette Meurant

a été tout de suite reconnue, non seulement par le personnel des cinémas, surtout des cinémas du quartier, mais encore dans les bals musette, tant de la rue de Lappe que du quartier de la Chapelle. Elle a fréquenté ces endroits pendant plusieurs années, toujours l'après-midi, et le dernier bal en date est celui de la rue des Gravilliers.

— Elle s'y rendait seule ?

— Elle y a eu un certain nombre d'amis, jamais pour longtemps. Cependant, les derniers mois qui ont précédé le crime, on ne l'y a presque pas vue.

Ces témoignages n'expliquaient-ils pas l'atmosphère du boulevard de Charonne, les magazines et les disques, leur contraste avec les livres que Meurant allait acheter chez les bouquinistes ?

— Lorsque, voilà un peu moins d'un mois, je suis parti en vacances, poursuivit Maigret, les différents services de la P.J. n'avaient rien découvert de plus.

— Pendant cette enquête, Mme Meurant a-t-elle été l'objet d'une surveillance de la part de la police ?

— Pas d'une surveillance continue, en ce sens qu'elle n'était pas suivie à chacune de ses sorties et qu'il n'y avait pas toujours, la nuit, un inspecteur à sa porte.

Des rires dans la salle. Un bref regard du président. Le silence, à nouveau. Maigret s'épongeait le front, embarrassé par son chapeau qu'il tenait toujours à la main.

— Cette surveillance, même sporadique, questionnait le magistrat, non sans ironie, était-elle le résultat de la lettre que l'accusé vous a envoyée de sa prison et avait-elle pour but de protéger sa femme ?

— Je ne le prétends pas.

— Vous cherchiez, si je comprends bien, à découvrir ses fréquentations ?

— J'ai d'abord voulu savoir si elle rencontrait parfois son beau-frère en cachette. Puis, n'obtenant pas de résultats positifs, je me suis demandé qui elle fréquentait et à quoi elle employait son temps.

— Une question, monsieur le commissaire. Vous avez entendu Ginette Meurant à la P.J. Elle vous a déclaré, si je me souviens bien, être rentrée chez elle le 27 février vers huit heures du soir et avoir trouvé le dîner prêt à être servi. Vous a-t-elle dit quel complet portait son mari ?

— Un pantalon gris. Il était sans veston.

— Et quand il l'a quittée après le déjeuner ?

— Il était en complet gris.

— A quelle heure a-t-elle quitté, elle, l'appartement du boulevard de Charonne ?

— Vers quatre heures.

— De sorte que Meurant aurait pu venir se changer ensuite, ressortir, se changer à nouveau en rentrant sans qu'elle le sache ?

— C'est matériellement possible.

— Revenons au supplément d'enquête auquel vous vous êtes livré.

— La surveillance de Ginette Meurant n'a rien donné. Depuis l'incarcération de son mari, elle est restée la plupart du temps chez elle, n'en sortant que pour faire son marché, pour les visites à la prison et, deux ou trois fois la semaine, pour une séance de cinéma. Cette surveillance, je l'ai dit, n'était pas continue. Elle avait lieu de temps en temps. Ses résultats n'en confirment pas moins ce que nous ont dit les voisins et les fournisseurs. Avant-hier, je suis rentré de vacances et j'ai trouvé un rapport sur mon bureau. Peut-être est-il bon d'expliquer qu'à la police on ne perd jamais complètement de vue une affaire, de sorte qu'une arrestation a parfois lieu, fortuitement, deux ou trois ans après le crime ou le délit.

— Autrement dit, pendant les derniers mois, on n'effectuait plus de recherches *systématiques* quant aux faits et gestes de Ginette Meurant.

— C'est exact. Les inspecteurs des garnis et ceux des mœurs, de même que mes propres inspecteurs, n'en avaient pas moins sa photographie en poche, ainsi que celle de son beau-frère. Ils les montraient à l'occasion. C'est ainsi que, le 26 septembre, un témoin a reconnu dans la photographie de la jeune femme une de ses clientes régulières.

Meurant s'agitait à nouveau et c'était au président, cette fois, de le regarder avec sévérité. Dans la salle, quelqu'un protestait, sans doute Ginette Meurant.

— Ce témoin est Nicolas Cajou, gérant d'un hôtel meublé de la rue Victor-Massé, à deux pas de la place Pigalle. D'habitude, il se tient dans le bureau de son établissement et, par la porte vitrée, en surveille les allées et venues.

— N'a-t-il pas été questionné en mars dernier ou en avril, comme les autres tenanciers ?

— Il était à ce moment à l'hôpital, pour une opération, et sa belle-sœur le remplaçait. Ensuite, il a passé trois mois de convalescence dans le Morvan, d'où il est originaire, et ce n'est qu'à la fin de septembre qu'un agent des garnis, à tout hasard, lui a montré la photographie.

— La photographie de Ginette Meurant ?

— Oui. Il l'a reconnue du premier coup d'œil, disant que, jusqu'à son départ pour l'hôpital, elle venait en compagnie d'un homme qu'il ne connaît pas. Une des femmes de chambre, Geneviève Lavancher, a reconnu aussi la photographie.

A la table des journalistes, on se regardait, puis on regardait le magistrat avec surprise.

— Je suppose que le compagnon auquel vous faites allusion n'est pas Alfred Meurant ?

— Non, monsieur le président. Hier, dans mon bureau, où j'ai convoqué Nicolas Cajou et la femme de chambre, je leur ai montré plusieurs centaines de fiches anthropométriques afin de m'assurer que le compagnon de Ginette Meurant n'est pas de nos connaissances. L'homme est de petite taille, trapu, les cheveux très bruns. Il est vêtu avec recherche et porte au doigt une bague avec une pierre jaune. Il serait âgé d'une trentaine d'années et il fume des cigarettes américaines qu'il allume à la chaîne, de sorte qu'après chacune de ses visites rue Victor-Massé on retrouvait un plein cendrier de mégots dont quelques-uns seulement étaient tachés de rouge à lèvres.

» Je n'ai pas eu le temps matériel, avant le procès, d'entreprendre une enquête approfondie. Nicolas Cajou est entré à l'hôpital le 26 février. Le 25, il se tenait encore au bureau de l'hôtel et il affirme qu'il a reçu, ce jour-là, la visite du couple.

Un remous se produisait dans la salle, qui restait invisible à Maigret, et le président haussait le ton, ce qui lui arrivait rarement, pour prononcer :

— Silence, ou je fais évacuer.

Une voix de femme tentait de se faire entendre :

— Monsieur le président, je...

— Silence !

Quant à l'accusé, les mâchoires serrées, il regardait Maigret avec haine.

## 3

Personne ne bougea pendant que le président se penchait tour à tour vers ses assesseurs et leur parlait à voix basse. Un colloque à trois s'engageait, qui rappelait aussi des rites religieux car on voyait les lèvres remuer sans bruit comme pour des répons, les visages s'incliner à une curieuse cadence. Un moment vint où l'avocat général en robe rouge quitta son siège pour prendre langue à son tour et on put croire, un peu plus tard, que le jeune défenseur allait en faire autant. Il hésitait visiblement, inquiet, pas encore assez sûr de lui, et il était presque debout quand le président Bernerie frappa le banc de son marteau et quand chaque magistrat reprit sa place comme dans un tableau.

Xavier Bernerie récitait du bout des lèvres :

— La Cour remercie le témoin de sa

déposition et le prie de ne pas quitter le tribunal.

Toujours comme un officiant il cherchait sa toque de la main, la saisissait et, se mettant debout, achevait son répons :

— L'audience est suspendue pour un quart d'heure.

Ce fut, d'une seconde à l'autre, un bruit de récréation, presque une explosion, à peine assourdie, des sons de toutes sortes qui se mélangeaient. La moitié des spectateurs quittaient leur place ; certains, debout dans les traverses, gesticulaient, d'autres se bousculaient en s'efforçant d'atteindre la grande porte que les gardes venaient d'ouvrir tandis que les gendarmes escamotaient l'accusé par une issue qui se confondait avec les panneaux des murs, que Pierre Duché suivait non sans peine et que les jurés, de l'autre côté, disparaissaient, eux aussi, dans la coulisse.

Des avocats en robe, surtout des jeunes, une avocate qui aurait pu figurer sur la couverture d'un magazine, formaient une grappe noire et blanche près de l'entrée des témoins. On y discutait les articles 310, 311, 312 et la suite du code de procédure criminelle et certains parlaient avec excitation d'irrégularités dans le déroulement des débats qui conduiraient infailliblement l'affaire en cassation.

Un vieil avocat aux dents jaunes, à la

robe luisante, une cigarette non allumée pendant à sa lèvre inférieure, invoquait calmement la jurisprudence, citait deux cas, l'un à Limoges, en 1885, l'autre à Poitiers, en 1923, où, non seulement l'instruction avait été entièrement refaite à l'audience publique, mais où elle avait pris une direction nouvelle à la suite d'un témoignage inattendu.

De tout cela, Maigret, bloc immobile, ne voyait que des images bousculées, n'entendait que des bribes, et il n'avait eu le temps de repérer, dans la salle où se créaient quelques vides, que deux de ses hommes, quand il fut cerné par les journalistes.

La même surexcitation régnait qu'au théâtre, à une générale, après le premier acte.

— Que pensez-vous de la bombe que vous venez de lancer, monsieur le commissaire ?

— Quelle bombe ?

Il bourrait méthodiquement sa pipe et il avait soif.

— Vous croyez Meurant innocent ?

— Je ne crois rien.

— Vous soupçonnez sa femme ?

— Messieurs, ne m'en veuillez pas si je n'ai rien à ajouter à ce que j'ai dit à la barre.

Si la meute le laissait soudain en paix, c'est qu'un jeune reporter s'était précipité sur Ginette Meurant qui s'efforçait de

gagner la sortie et que les autres crai-
gnaient de rater une déclaration sensation-
nelle.

Tout le monde regardait le groupe mou-
vant. Maigret en profitait pour se glisser
par la porte des témoins, retrouvait, dans
le couloir, des hommes qui fumaient une
cigarette, d'autres qui, peu familiers de
l'endroit, cherchaient les urinoirs.

Il savait que les magistrats délibéraient
dans la chambre du président et il vit un
huissier y conduire le jeune Duché qu'on
avait fait appeler.

Midi approchait. Bernerie voulait
évidemment en finir avec l'incident à
l'audience du matin, afin de reprendre,
l'après-midi, le cours régulier des débats,
espérant un verdict le jour même.

Maigret atteignait la galerie, allumait
enfin sa pipe, adressait un signe à Lapointe
qu'il apercevait adossé à un pilier.

Il n'était pas le seul à vouloir mettre la
suspension à profit pour boire un verre de
bière. On voyait des gens, dehors, le col
relevé, qui traversaient la rue en courant
sous la pluie pour s'engouffrer dans les
cafés d'alentour.

A la buvette du Palais, une foule impa-
tiente, sous pression, dérangeait les avocats
et leurs clients qui, quelques instants plus
tôt, discutaient en paix de leurs petites
affaires.

— Bière ? demandait-il à Lapointe.

— Si on y arrive, patron.

Ils se poussaient entre les dos et les coudes. Maigret faisait signe à un garçon qu'il connaissait depuis vingt ans et, quelques instants plus tard, on lui passait par-dessus les têtes deux demis bien mousseux.

— Tu t'arrangeras pour savoir où elle déjeune, avec qui, à qui elle parle, le cas échéant, à qui elle téléphone.

La marée se renversait déjà et des gens couraient pour reprendre leur place. Quand le commissaire atteignit le prétoire, c'était trop tard pour gagner les rangées de bancs et il dut rester contre la petite porte, parmi les avocats.

Les jurés étaient à leur poste, l'accusé aussi, entre ses gardes, son défenseur en contrebas devant lui. La Cour entrait et s'asseyait dignement, consciente, sans doute, comme le commissaire, du changement qui s'était produit dans l'atmosphère.

Tout à l'heure, il était question d'un homme accusé d'avoir tranché la gorge de sa tante, une femme de soixante ans, et d'avoir étouffé, après avoir tenté de l'étrangler, une petite fille de quatre ans. N'était-ce pas naturel qu'il y eût dans l'air une gravité morne et un peu étouffante ?

Maintenant, après l'entracte, tout était changé. Gaston Meurant était passé au second plan et le double crime même avait perdu de son importance. Le témoignage de Maigret avait introduit un nouvel élément, posé un nouveau problème, équivoque, scandaleux, et la salle ne s'intéressait plus qu'à la jeune femme que les occupants des derniers rangs essayaient en vain d'apercevoir.

Cela créait une rumeur particulière et on vit le président promener un regard sévère sur la foule, avec l'air de chercher des yeux les perturbateurs. Cela dura très longtemps et, à mesure que le temps passait, les bruits s'assourdissaient, mouraient tout à fait, le silence reprenait son règne.

— J'avertis le public que je ne tolérerai aucune manifestation et qu'au premier incident je ferai évacuer la salle.

Il toussotait, murmurait quelques mots à l'oreille de ses assesseurs.

— En vertu des pouvoirs discrétionnaires qui me sont conférés et en accord avec l'avocat général ainsi qu'avec la défense, j'ai décidé d'entendre trois témoins nouveaux. Deux se trouvent dans la salle et le troisième, la nommée Geneviève Lavancher, touchée par une convocation téléphonique, se présentera à l'audience de cet après-midi. Huissier, veuillez appeler Mme Ginette Meurant.

Le vieil huissier s'avança, dans l'espace vide, à la rencontre de la jeune femme, qui, assise au premier rang, se levait, hésitait, puis se laissait conduire vers la barre.

Maigret l'avait entendue plusieurs fois Quai des Orfèvres. Il avait eu alors devant lui une petite femme à la coquetterie vulgaire et parfois agressive.

En l'honneur des Assises, elle s'était acheté un ensemble tailleur noir, jupe et manteau trois-quarts, la seule tache de couleur était donnée par le chemisier jaune paille.

Pour la circonstance aussi, le commissaire en était persuadé, pour soigner son personnage elle portait un chapeau genre chapelier qui donnait un certain mystère à son visage.

On aurait dit qu'elle jouait à la fois la petite fille naïve et la petite-madame-très-comme-il-faut, baissant la tête, la relevant pour fixer sur le président des yeux peureux et dociles.

— Vous vous appelez Ginette Meurant, née Chenault ?

— Oui, monsieur le président.

— Parlez plus fort et tournez-vous vers messieurs les jurés. Vous avez vingt-sept ans et vous êtes née à Saint-Sauveur, dans la Nièvre ?

— Oui, monsieur le président.

— Vous êtes l'épouse de l'accusé ?

Elle répondait toujours de la même voix de bonne élève.

— En vertu de l'article 322, votre déposition ne peut être reçue mais, d'accord avec le ministère public et avec la défense, la Cour a le droit de vous entendre à titre d'information.

Et, comme elle levait la main à l'imitation des précédents témoins, il l'arrêtait.

— Non ! Vous ne devez pas prêter serment.

Maigret entrevoyait entre deux têtes le visage pâle de Gaston Meurant qui, le menton dans les mains, regardait fixement devant lui. De temps en temps, ses mâchoires se serraient si fort qu'elles faisaient saillie.

Sa femme évitait de se tourner vers lui, comme si cela lui eût été défendu, et c'était toujours au président qu'elle se raccrochait des yeux.

— Vous connaissiez la victime, Léontine Faverges ?

Elle semblait hésiter avant de murmurer :

— Pas très bien.

— Que voulez-vous dire ?

— Qu'elle et moi ne nous fréquentions pas.

— Vous l'avez cependant rencontrée ?

— Une première fois, avant notre mariage. Mon fiancé avait insisté pour me présenter à elle en disant que c'était sa seule famille.

— Vous êtes donc allée rue Manuel ?

— Oui. L'après-midi, vers cinq heures. Elle nous a servi du chocolat et des gâteaux. J'ai senti tout de suite qu'elle ne m'aimait pas et qu'elle conseillerait à Gaston de ne pas m'épouser.

— Pour quelle raison ?

Elle haussa les épaules, chercha ses mots, trancha enfin :

— Nous n'étions pas du même genre.

Un regard du président arrêtait les rires au bord des lèvres.

— Elle n'a pas assisté à votre mariage ?

— Si.

— Et Alfred Meurant, votre beau-frère ?

— Lui aussi. A cette époque-là, il vivait à Paris et n'était pas encore brouillé avec mon mari.

— Quelle profession exerçait-il ?

— Représentant de commerce.

— Il travaillait régulièrement ?

— Comment le saurais-je ? Il nous a offert un service à café comme cadeau de mariage.

— Vous n'avez pas revu Léontine Faverges ?

— Quatre ou cinq fois.

— Elle est venue chez vous ?

— Non. C'est nous qui allions chez elle. Je n'en avais pas envie, car j'ai horreur de m'imposer aux gens qui ne m'aiment pas, mais Gaston prétendait que je ne pouvais pas faire autrement.

— Pourquoi ?

— Je ne sais pas.

— N'était-ce pas, par hasard, à cause de son argent ?

— Peut-être.

— A quel moment avez-vous cessé de fréquenter la rue Manuel ?

— Il y a longtemps.

— Deux ans ? Trois ans ? Quatre ans ?

— Mettons trois ans.

— Vous connaissiez donc l'existence du vase chinois qui se trouvait dans le salon ?

— Je l'ai vu et j'ai même dit à Gaston que les fleurs artificielles ce n'est bien que pour les couronnes mortuaires.

— Vous saviez ce qu'il contenait ?

— Je n'étais au courant que des fleurs.

— Votre mari ne vous a jamais rien dit ?

— Au sujet de quoi ? Du vase ?

— Des pièces d'or.

Pour la première fois, elle se tourna vers le box des accusés.

— Non.

— Il ne vous a pas confié non plus que sa tante, au lieu de déposer son argent à la banque, le gardait chez elle ?

— Je ne m'en souviens pas.

— Vous n'en êtes pas sûre ?

— Si... Oui...

— A l'époque où vous fréquentiez

encore, si peu que ce soit, la rue Manuel, la petite Cécile Perrin était-elle déjà dans la maison ?

— Je ne l'ai jamais vue. Non. Elle aurait été trop petite.

— Vous avez entendu parler d'elle par votre mari ?

— Il a dû y faire allusion. Attendez ! J'en suis certaine, à présent. Même que cela m'a étonnée qu'on confie une enfant à une femme comme elle.

— Saviez-vous que l'accusé allait assez fréquemment demander de l'argent à sa tante ?

— Il ne me tenait pas toujours au courant.

— Mais d'une façon générale, vous le saviez ?

— Je savais qu'il n'était pas fort en affaires, qu'il se laissait rouler par tout le monde, comme quand nous avons ouvert, rue du Chemin-Vert, un restaurant qui aurait pu très bien marcher.

— Que faisiez-vous dans le restaurant ?

— Je servais les clients.

— Et votre mari ?

— Il travaillait dans la cuisine, aidé par une vieille femme.

— Il s'y connaissait ?

— Il se servait d'un livre.

— Vous étiez seule dans la salle avec les clients ?

— Au début, nous avions une jeune serveuse.

— Lorsque l'affaire a mal tourné, Léontine Faverges n'a-t-elle pas aidé à désintéresser les créanciers ?

— Je suppose. Je crois qu'on doit encore de l'argent.

— Votre mari, les derniers jours de février, paraissait-il tracassé ?

— Il se tracassait toujours.

— Vous a-t-il parlé d'une traite venant à échéance le 28 ?

— Je n'y ai pas fait attention. Il y avait des traites tous les mois.

— Il ne vous a pas annoncé qu'il irait voir sa tante pour lui demander de l'aider une fois de plus ?

— Je ne m'en souviens pas.

— Cela ne vous aurait pas frappée ?

— Non. J'en avais l'habitude.

— Après la liquidation du restaurant, vous n'avez pas proposé de travailler ?

— Je n'ai fait que ça. Gaston ne voulait pas.

— Pour quelle raison ?

— Peut-être parce qu'il était jaloux.

— Il vous faisait des scènes de jalousie ?

— Pas des scènes.

— Tournez-vous vers messieurs les jurés.

— J'oubliais. Pardon.

— Sur quoi vous basez-vous pour affirmer qu'il était jaloux ?

— D'abord, il ne voulait pas que je travaille. Ensuite, rue du Chemin-Vert, il surgissait sans cesse de la cuisine pour m'épier.

— Il lui est arrivé de vous suivre ?

Pierre Duché s'agitait sur son banc, incapable de voir où le président voulait en venir.

— Je ne l'ai pas remarqué.

— Le soir, vous demandait-il ce que vous aviez fait ?

— Oui.

— Que lui répondiez-vous ?

— Que j'étais allée au cinéma.

— Vous êtes certaine de n'avoir parlé à personne de la rue Manuel et de Léontine Faverges ?

— Seulement à mon mari.

— Pas à une amie ?

— Je n'ai pas d'amies.

— Qui fréquentiez-vous, votre mari et vous ?

— Personne.

Si elle était déroutée par ces questions, elle n'en laissait rien voir.

— Vous souvenez-vous du costume que votre mari portait le 27 février à l'heure du déjeuner ?

— Son costume gris. C'était celui de semaine. Il ne mettait l'autre que le samedi soir, si nous sortions, et le dimanche.

— Et pour aller voir sa tante ?

— Quelquefois, je pense qu'il a mis son complet bleu.

— Il l'a fait ce jour-là ?

— Je ne peux pas savoir. Je n'étais pas à la maison.

— Vous ignorez si, au cours de l'après-midi, il est revenu dans l'appartement ?

— Comment le saurais-je ? J'étais au cinéma.

— Je vous remercie.

Elle restait là, décontenancée, incapable de croire que c'était fini, qu'on n'allait pas lui poser les questions que tout le monde attendait.

— Vous pouvez regagner votre place.

Et le président enchaînait :

— Faites avancer Nicolas Cajou.

Il y avait de la déception dans l'air. Le public avait l'impression qu'on venait de tricher, d'escamoter une scène à laquelle il avait droit. Ginette Meurant se rasseyait comme à regret et un avocat, près de Maigret, soufflait à ses confrères :

— Lamblin lui a mis le grappin dessus dans le couloir pendant la suspension...

M\ Lamblin, à la silhouette de chien famélique, faisait beaucoup parler de lui au Palais, rarement en bien, et il avait été plusieurs fois question de le suspendre du barreau. Comme par hasard, on le retrouvait installé à côté de la jeune femme et il lui parlait à voix basse avec l'air de la féliciter.

L'homme qui s'avançait vers la barre en traînant la patte était un tout autre échantillon d'humanité. Si Ginette Meurant, sous ses fards, avait la pâleur des femmes qui vivent en serre chaude, il était, lui, non seulement blafard, mais d'une matière molle et malsaine.

Etait-ce à la suite de son opération qu'il avait tant maigri ? Toujours est-il que ses vêtements flottaient, beaucoup trop amples, sur son corps qui avait perdu tout ressort et toute souplesse.

On l'imaginait mieux tapi, en pantoufles, dans le bureau aux vitres dépolies de son hôtel, que marchant sur les trottoirs de la ville.

Il avait des poches sous les yeux, des peaux sous le menton.

— Vous vous appelez Nicolas Cajou, soixante-deux ans. Vous êtes né à Marillac, dans le Cantal, et vous exercez la profession de gérant d'hôtel à Paris, rue Victor-Massé ?

— Oui, monsieur le président.

— Vous n'êtes ni parent, ni ami, ni au service de l'accusé... Vous jurez de dire la vérité, toute la vérité, rien que la vérité... Levez la main droite... Dites : Je le jure...

— Je le jure...

Un assesseur se penchait vers le président pour une observation qui devait être pertinente car Bernerie parut frappé, réflé-

73

chit un bon moment, finit par hausser les épaules. Maigret, qui n'avait rien perdu de la scène, croyait avoir compris.

Les témoins qui ont subi une condamnation infamante, en effet, ou qui se livrent à une activité immorale, n'ont pas le droit de prêter serment. Or, le tenancier de meublé ne se livrait-il pas à un métier immoral, puisqu'il recevait dans son établissement des couples dans des conditions interdites par la loi ? Etait-on sûr qu'aucune condamnation ne figurait à son casier judiciaire ?

Il était trop tard pour vérifier et le président toussotait avant de demander d'une voix neutre :

— Tenez-vous régulièrement un registre des clients qui vous louent des chambres ?

— Oui, monsieur le président.

— De *tous* les clients ?

— De tous ceux qui passent la nuit dans mon hôtel.

— Mais vous n'enregistrez pas les noms de ceux qui ne font que s'y arrêter au cours de la journée ?

— Non, monsieur le président. La police pourra vous dire que...

Qu'il était régulier, bien sûr, qu'il n'y avait jamais de scandale dans son établissement et qu'à l'occasion il fournissait à la brigade des garnis ou aux inspecteurs des mœurs les tuyaux dont ils avaient besoin.

— Vous avez regardé avec attention le témoin qui vous a précédé à la barre ?

— Oui, monsieur le président.

— Vous l'avez reconnu ?

— Oui, monsieur le président.

— Dites à messieurs les jurés dans quelles circonstances vous avez vu cette jeune femme, auparavant.

— Dans les circonstances habituelles.

Un regard de Bernerie étouffa les rires.

— C'est-à-dire ?

— C'est-à-dire qu'elle venait souvent, l'après-midi, en compagnie d'un monsieur qui louait une chambre.

— Qu'appelez-vous souvent ?

— Plusieurs fois par semaine.

— Combien, par exemple ?

— Trois ou quatre fois.

— Son compagnon était toujours le même ?

— Oui, monsieur le président.

— Vous le reconnaîtriez ?

— Certainement.

— Quand l'avez-vous vu pour la dernière fois ?

— La veille de mon entrée à l'hôpital, c'est-à-dire le 25 février. A cause de mon opération, je me souviens de la date.

— Décrivez-le.

— Pas grand... Plutôt petit... Je soupçonne que, comme certains qui souffrent d'être petits, il portait des souliers spéciaux... Toujours bien habillé, je dirais même tiré à quatre épingles... Dans le quartier, nous connaissons ce genre-là... C'est même ce qui m'a étonné...

— Pourquoi ?

— Parce que ces messieurs, en général, n'ont pas l'habitude de passer l'après-midi à l'hôtel, surtout avec la même femme...

— Je suppose que vous connaissez plus ou moins de vue la faune de Montmartre ?

— Pardon ?

— Je veux dire les hommes dont vous parlez...

— J'en vois passer.

— Cependant, vous n'avez jamais vu celui-là ailleurs que dans votre établissement ?

— Non, monsieur le président.

— Vous n'en avez pas entendu parler non plus ?

— Je sais seulement qu'on l'appelle Pierrot.

— Comment le savez-vous ?

— Parce qu'il est arrivé à la dame qui l'accompagnait de l'appeler ainsi devant moi.

— Il avait un accent ?

— Pas à proprement parler. Pourtant, j'ai toujours pensé qu'il était du Midi, ou que c'était peut-être un Corse.

— Je vous remercie.

Cette fois encore, on lisait le désappointement sur les visages. On avait attendu une confrontation dramatique et il ne se passait rien, qu'un échange en apparence innocent de questions et de réponses.

Le président regardait l'heure.

— L'audience est suspendue et reprendra à deux heures et demie.

Le même brouhaha que tout à l'heure, à la différence, cette fois, que toute la salle se vidait et qu'on faisait la haie pour voir passer Ginette Meurant. Il semblait, de loin, à Maigret, que M$^e$ Lamblin restait dans son sillage et qu'elle se retournait de temps en temps pour s'assurer qu'il la suivait.

Le commissaire avait à peine franchi la porte qu'il se heurtait à Janvier, lui lançait un regard interrogateur.

— On les a eus, patron. Ils sont tous les deux au Quai.

Le commissaire mettait un bon moment à comprendre qu'il s'agissait d'une autre affaire, un vol à main armée dans une succursale de banque du XX$^e$ arrondissement.

— Comment cela s'est-il passé ?

— C'est Lucas qui les a arrêtés chez la mère d'un des garçons. L'autre était caché sous le lit et la mère l'ignorait. Depuis trois jours, ils ne sortaient pas. La pauvre femme croyait son fils malade et lui préparait des grogs. Elle est veuve d'un employé des chemins de fer et elle travaille dans une droguerie du quartier...

— Quel âge ?

— Le fils, dix-huit ans. Le camarade, vingt.

— Ils nient ?

— Oui. Je crois pourtant que vous les aurez facilement.

— Tu déjeunes avec moi ?

— De toute façon, j'ai prévenu ma femme que je ne rentrerais pas.

Il pleuvait toujours quand ils traversèrent la place Dauphine pour se diriger vers la brasserie qui était devenue une sorte de succursale de la P.J.

— Et au Palais ?

— Encore rien de précis.

Ils s'arrêtèrent devant le comptoir en attendant qu'une table soit libre.

— Il faudra que je téléphone au président pour qu'il m'autorise à m'absenter des débats.

Maigret n'avait pas envie de passer l'après-midi immobile dans la foule, dans la chaleur moite, à écouter des témoins qui, désormais, n'apporteraient plus rien d'imprévu. Ces témoins-là, il les avait entendus dans le calme de son bureau. Pour la plupart, il les avait vus aussi chez eux, dans leur cadre.

La Cour d'Assises avait toujours représenté pour lui la partie la plus pénible, la plus morne de ses fonctions, et il y ressentait chaque fois une même angoisse.

Est-ce que tout n'y était pas faussé ? Non par la faute des juges, des jurés, des témoins, non pas à cause du code ou de la procédure, mais parce que des êtres humains se voyaient soudain résumés, si l'on peut dire, en quelques phrases, en quelques sentences.

Il lui était arrivé d'en discuter avec son ami Pardon, le médecin de quartier avec qui ils avaient pris l'habitude, sa femme et lui, de dîner une fois par mois.

Un jour que son cabinet n'avait pas désempli, Pardon avait laissé pointer du découragement, sinon de l'amertume.

— Vingt-huit clients dans la seule après-midi ! A peine le temps de les faire asseoir, de leur poser quelques questions... Que ressentez-vous ? Où avez-vous mal ? Depuis combien de temps ? ... Les autres attendent, le regard fixé sur la porte matelassée, et se demandant si leur tour viendra jamais... Tirez la langue ! Déshabillez-vous ! ... Dans la plupart des cas, une heure ne suffirait pas pour découvrir tout ce qu'il faudrait savoir. Chaque malade est un cas par lui-même et je suis obligé de travailler à la chaîne...

Maigret, alors, lui avait parlé de l'aboutissement de son travail à lui, c'est-à-dire des Assises, puisque aussi bien c'est là que la plupart des enquêtes trouvent leur conclusion.

— Des historiens, avait-il remarqué, des érudits, consacrent leur vie entière à étudier un personnage du passé sur qui il existe déjà des quantités d'ouvrages. Ils vont de bibliothèque en bibliothèque, d'archives en archives, recherchent les moindres correspondances dans l'espoir d'atteindre à un peu plus de vérité...

» Il y a cinquante ans et plus qu'on étudie la correspondance de Stendhal afin de mieux dégager sa personnalité...

» Un crime est-il commis, presque toujours par un être hors série, c'est-à-dire moins facile à pénétrer que l'homme de la rue ? On me donne quelques semaines, sinon quelques jours, pour pénétrer un nouveau milieu, pour entendre dix, vingt, cinquante personnes dont je ne savais rien jusque-là et pour, si possible, faire la part du vrai et du faux.

» On m'a reproché de me rendre personnellement sur place au lieu d'envoyer mes inspecteurs. C'est un miracle, au contraire, qu'il me reste ce privilège !

» Le juge d'instruction, après moi, ne l'a pratiquement plus et ne voit les êtres, détachés de leur vie personnelle, que dans l'atmosphère neutre de son cabinet.

» Ce qu'il a devant lui, en somme, ce sont déjà des hommes schématisés.

» Il ne dispose, à son tour, que d'un temps limité ; talonné par la presse, par l'opinion, bridé dans ses initiatives par un fatras de règlements, submergé par des formalités administratives qui lui prennent le plus clair de son temps, que va-t-il découvrir ?

» Si ce sont des êtres désincarnés qui sortent de son cabinet, que reste-t-il aux Assises, et sur quoi les jurés vont-ils décider du sort d'un ou de plusieurs de leurs semblables ?

» Il n'est plus question de mois, ni de semaines, à peine de jours. Le nombre des témoins est réduit au minimum, comme celui des questions qui leur sont posées.

» Ils viennent répéter devant la Cour un condensé, un *digest,* comme on dit à présent, de ce qu'ils ont dit précédemment.

» L'affaire n'est dessinée qu'en quelques traits, les personnages ne sont plus que des esquisses, sinon des caricatures...

N'avait-il pas eu une fois de plus cette impression-là ce matin, alors même qu'il faisait sa propre déposition ?

La presse allait écrire qu'il avait parlé *longuement* et peut-être s'en étonner. Avec un autre président que Xavier Bernerie, en effet, on ne lui aurait laissé la parole que quelques minutes, alors qu'il était resté près d'une heure à la barre.

Il s'était efforcé d'être précis, de communiquer à ceux qui l'écoutaient un peu de ce qu'il pressentait.

Il parcourut des yeux le menu polycopié et le tendit à Janvier.

— Moi, je prendrai la tête de veau...

Des inspecteurs restaient groupés au bar. On remarquait deux avocats au restaurant.

— Tu sais, ma femme et moi avons acheté une maison.

— A la campagne ?

Il s'était juré de ne pas en parler, non par goût du mystère, mais par pudeur, car on ne manquerait pas d'établir une corrélation entre cet achat et la retraite qui n'était plus si lointaine.

— A Meung-sur-Loire ?

— Oui... On dirait un presbytère...

Dans deux ans, il n'y aurait plus pour lui de Cour d'Assises, sinon à la troisième page des journaux. Il y lirait les témoignages de son successeur, le commissaire...

Au fait, qui allait lui succéder ? Il n'en savait rien. Peut-être commençait-on à en parler en haut lieu, mais il n'en était évidemment pas question devant lui.

— De quoi ont-il l'air, ces deux gosses ?

Janvier haussait les épaules.

— L'air qu'ils prennent tous en ce moment.

A travers les vitres, Maigret regardait la pluie tomber, le parapet gris de la Seine, les autos qui avaient des moustaches d'eau sale.

— Comment a été le président ?

— Très bien.

— Et elle ?

— J'ai chargé Lapointe de la filer. Elle est tombée entre les pattes d'un avocat plutôt marron, Lamblin...

— Elle a avoué avoir un amant ?

— On ne le lui a pas demandé. Bernerie est prudent.

Il ne fallait pas perdre de vue, en effet, que c'était le procès de Gaston Meurant qui se déroulait aux Assises, non celui de sa femme.

— Cajou l'a reconnue ?

— Bien sûr.

— Comment le mari a-t-il pris ça ?

— Sur le moment, ça l'aurait soulagé de me tuer.

— Il sera acquitté ?

— Il est trop tôt pour le savoir.

La vapeur montait des plats, la fumée des cigarettes, et le nom des vins recommandés était peint en blanc sur les glaces qui entouraient la pièce.

Il y avait un petit vin de la Loire, tout près de Meung et de la maison qui ressemblait à un presbytère.

# 4

A deux heures, Maigret, toujours accompagné de Janvier, gravissait le grand escalier du Quai des Orfèvres qui parvenait, même en été, par le matin le plus guilleret, à être triste et glauque. Aujourd'hui, un courant d'air humide le parcourait et les traces de semelles mouillées, sur les marches, ne séchaient pas.

Dès le premier palier, on percevait venant du premier étage une légère rumeur, puis on entendait des voix, des allées et venues indiquant que la presse, alertée, était là, avec les photographes et sans doute des gens de la télévision, sinon du cinéma.

Une affaire finissait ou avait l'air de finir au Palais. Une autre commençait ici. A un bout, c'était déjà la foule. A l'autre, on ne voyait encore que les spécialistes.

Quai des Orfèvres aussi existait une sorte de chambre des témoins, la salle d'attente vitrée qu'on appelait la cage de verre, et le commissaire s'arrêta en passant pour jeter un coup d'œil sur les six personnages assis sous les photographies de policiers morts en service commandé.

Fallait-il croire que tous les témoins se ressemblent ? Ceux-ci appartenaient au même milieu que ceux du Palais de Justice, des petites gens, des travailleurs modestes, et, parmi eux, deux femmes qui regardaient droit devant elles, les mains sur leur sac de cuir.

Les reporters se précipitaient vers Maigret qui les calmait du geste.

— Doucement ! Doucement ! N'oubliez pas, messieurs, que je ne sais encore rien et que je n'ai pas vu ces garçons...

Il poussait la porte de son bureau, promettait :

— Dans deux ou trois heures, peut-être, si j'ai du nouveau à vous apprendre...

Il refermait la porte, dit à Janvier :

— Va voir si Lapointe est arrivé.

Il retrouvait les gestes d'avant les vacances, presque aussi rituels, pour lui, que, pour les magistrats, le cérémonial des Assises. Retirant son manteau, son chapeau, il les accrochait dans le placard où une fontaine d'émail permettait de se laver les mains. Puis il s'asseyait à son bureau, tripotait un peu ses pipes avant d'en choisir une et de la bourrer.

Janvier revenait avec Lapointe.

— Je verrai tes deux idiots dans quelques minutes.

Et, au jeune Lapointe :

— Alors, qu'est-ce qu'elle a fait ?

— Tout le long des couloirs et du grand escalier, elle a été entourée d'une grappe de journalistes et de photographes et il y en avait d'autres qui l'attendaient dehors. On voyait même, au bord du trottoir, un car des actualités cinématographiques. Pour ma part, je n'ai aperçu son visage que deux ou trois fois, entre deux têtes. On la sentait effrayée et il paraît qu'elle les suppliait de la laisser en paix.

» Tout à coup, Lamblin a fendu la foule, l'a saisie par le bras et l'a entraînée vers un taxi qu'il avait eu le temps d'aller chercher. Il l'y a fait monter et la voiture s'est dirigée vers le pont Saint-Michel.

» Cela s'est passé comme un tour de prestidigitation. Faute de trouver un taxi à mon tour, je n'ai pas pu suivre. Il y a quelques minutes seulement, Macé, du *Figaro*, est revenu au Palais. Il avait eu la chance, lui, d'avoir sa voiture à proximité, ce qui lui a permis de filer le taxi.

» D'après lui, Me Lamblin a emmené Ginette Meurant dans un restaurant de la place de l'Odéon spécialisé dans les fruits de mer et la bouillabaisse. Ils y ont déjeuné en tête à tête, sans se presser.

» A présent, tout le monde a repris sa

place dans le prétoire et on n'attend plus que la Cour.

— Retourne là-bas. Téléphone-moi de temps en temps. J'aimerais savoir si la déposition de la femme de chambre ne provoque pas d'incident...

Maigret avait pu toucher par téléphone le président qui lui avait donné l'autorisation de ne pas perdre son après-midi au Palais.

Les cinq inspecteurs disséminés le matin dans la salle n'avaient rien découvert. Ils avaient étudié le public d'un œil aussi averti que les physionomistes des salles de jeu. Aucun des hommes présents ne répondait à la description fournie par Nicolas Cajou du compagnon de Ginette Meurant. Quant à Alfred Meurant, le frère de l'accusé, il n'était pas au Palais, ni à Paris, ce que Maigret savait déjà par un coup de téléphone de la brigade mobile de Toulon.

Deux inspecteurs restaient dans le prétoire, à tout hasard, en plus de Lapointe qui y retournait en voisin, empruntant les couloirs intérieurs.

Maigret appelait Lucas, qui s'était occupé du hold-up de la banque.

— Je n'ai pas voulu vous les interroger avant que vous les voyiez, patron. Tout à l'heure, je me suis arrangé pour que les témoins puissent les apercevoir au passage.

— Ils les ont reconnus tous les deux ?

— Oui. Surtout celui qui avait perdu son masque, bien entendu.

— Fais entrer le plus jeune.

Il avait les cheveux trop longs, des boutons sur le visage, l'air mal portant, mal lavé.

— Enlevez-lui les menottes...

Le garçon lui lançait un coup d'œil méfiant, bien décidé à ne pas tomber dans les pièges qu'il n'allait pas manquer de lui tendre.

— Qu'on me laisse seul avec lui.

Dans ces cas-là, Maigret préférait rester en tête à tête avec le suspect et il était bien temps, plus tard, de prendre sa déposition par écrit et de la lui faire signer.

Il tirait sur sa pipe à petits coups.

— Assieds-toi.

Il poussait vers lui un paquet de cigarettes.

— Tu fumes ?

La main tremblait. Au bout des doigts longs et carrés, les ongles étaient rongés comme ceux d'un enfant.

— Tu n'as plus ton père ?

— Ce n'est pas moi.

— Je ne te demande pas si c'est toi ou si c'est pas toi qui as fait le guignol. Je te demande si tu as encore ton père.

— Il est mort.

— De quoi ?

— En sana.

— C'est ta mère qui t'entretient ?

— Je travaille aussi.

— A quoi ?

— Je suis polisseur.

Cela prendrait du temps. Maigret savait par expérience qu'il valait mieux y aller lentement.

— Où t'es-tu procuré l'automatique ?

— Je n'ai pas d'automatique.

— Tu veux que je fasse venir tout de suite les témoins qui attendent ?

— Ce sont des menteurs.

Le téléphone sonnait déjà. C'était Lapointe.

— Geneviève Lavancher a déposé, patron. On lui a posé à peu près les mêmes questions qu'à son patron, plus une. Le président lui a demandé en effet si, le 25 février, elle n'avait rien remarqué de spécial dans le comportement de ses clients et elle a répondu que, justement, elle a été surprise de constater que le lit n'était pas défait.

— Les témoins régulièrement cités défilent ?

— Oui. Cela va très vite, à présent. C'est à peine si on les écoute.

Il fallut quarante minutes pour venir à bout de la résistance du gamin, qui finit par éclater en sanglots.

C'était bien lui qui tenait l'automatique à la main. Ils n'étaient pas deux, mais trois, car un complice attendait au volant d'une auto volée, celui-là même, semblait-il, qui avait eu l'idée du *hold-up* et qui avait filé sans attendre les autres dès qu'il avait entendu des appels au secours.

Malgré cela, le gosse, qui s'appelait Virieu, refusait de dire son nom.

— Il est plus âgé que toi ?

— Oui. Il a vingt-trois ans et il est marié.

— Il avait de l'expérience, lui ?

— Il le prétendait.

— Je te questionnerai à nouveau tout à l'heure, quand j'aurai entendu ton copain.

On emmenait Virieu. On faisait entrer Giraucourt, le copain, à qui on retirait les menottes à son tour, et les deux garçons, en se croisant, avaient le temps d'échanger un regard.

— Il a mangé le morceau ?

— Tu t'attendais à ce qu'il se taise ?

De la routine. Le *hold-up* avait raté. Il n'y avait pas eu de mort, ni de blessé, pas même de casse, sauf un carreau.

— Qui est-ce qui a eu l'idée des masques ?

L'idée n'était d'ailleurs pas originale. Des professionnels, à Nice, quelques mois plus tôt, avaient utilisé des masques de carnaval pour s'attaquer à un fourgon postal.

— Tu n'étais pas armé ?

— Non.

— C'est toi qui as dit, au moment où

l'employée se dirigeait vers la fenêtre :
« Tire donc, idiot... »

— Je ne sais pas ce que j'ai dit. J'ai perdu la tête...

— Seulement, ton petit copain a obéi et il a pressé sur la détente.

— Il n'a pas tiré.

— C'est-à-dire que, par chance, le coup n'est pas parti. Peut-être n'y avait-il pas de cartouche dans le canon ? Peut-être l'arme était-elle défectueuse ?

Les employés de la banque, ainsi qu'une cliente, tenaient les mains en l'air. Il était dix heures du matin.

— C'est toi qui, en entrant, as crié : « Tous contre le mur, les bras levés. C'est un *hold-up* ! »

» Tu as ajouté, paraît-il : « C'est du sérieux. »

— J'ai dit ça parce qu'une femme éclatait de rire.

Une employée de quarante-cinq ans, qui attendait maintenant dans la cage vitrée avec les autres, avait saisi un presse-papier et l'avait lancé dans la fenêtre en appelant au secours.

— Tu n'as jamais été condamné ?

— Une fois.

— Pour quel motif ?

— Pour avoir volé un appareil photographique dans une voiture.

— Tu sais ce que ça va te coûter, cette fois-ci ?

Le gamin haussait les épaules, s'efforçant de faire le brave.

— Cinq ans, mon bonhomme. Quant à ton camarade, que son arme se soit enrayée ou non, il y a toutes les chances pour qu'il ne s'en tire pas à moins de dix ans...

C'était vrai. On retrouverait le troisième un jour ou l'autre. L'instruction irait vite et comme, cette fois, il n'y aurait pas les vacances judiciaires pour retarder la justice, dans trois ou quatre mois Maigret irait à nouveau témoigner en Cour d'Assises.

— Emmène-le, Lucas. Il n'y a plus de raison de le séparer d'avec son copain. Qu'ils bavardent autant qu'ils en ont envie. Envoie-moi le premier témoin.

Ce n'étaient plus que des formalités, de la paperasserie. Et, d'après Lapointe, qui téléphonait, les choses allaient encore plus vite au Palais, où certains témoins, après n'être restés que cinq minutes à la barre, se retrouvaient, éberlués, un peu déçus, dans la foule où ils cherchaient à se caser.

A cinq heures, Maigret travaillait toujours à l'affaire du *hold-up* et son bureau, où les lampes étaient allumées, s'était rempli de fumée.

— On vient de donner la parole à la partie civile. M$^e$ Lioran a fait une courte déclaration. Etant donné les développements imprévus, il se rallie d'avance aux conclusions de l'avocat général.

— C'est l'avocat général qui parle en ce moment ?

— Depuis deux minutes.

— Rappelle-moi dès qu'il aura terminé.

Une demi-heure plus tard, Lapointe lui téléphonait un compte rendu assez détaillé. Le procureur Aillevard avait dit en substance :

— Nous sommes ici pour faire le procès de Gaston Meurant, accusé d'avoir, le 27 février, égorgé sa tante, Léontine Faverges, puis étouffé, jusqu'à ce que mort s'ensuive, une petite fille de quatre ans, Cécile Perrin, dont la mère s'est portée partie civile.

La mère, aux cheveux teints en roux, toujours vêtue de son manteau de fourrure, avait poussé un cri et on avait dû l'emmener hors du prétoire secouée de sanglots.

L'avocat général avait continué :

— Nous avons entendu à cette barre des témoignages inattendus dont nous n'avons pas à tenir compte en ce qui concerne cette affaire. Les charges qui pèsent contre l'accusé n'ont pas changé et les questions auxquelles les jurés ont à répondre restent les mêmes.

» Gaston Meurant a-t-il eu la possibilité matérielle de commettre son double crime

94

et de voler les économies de Léontine Faverges ?

» Il est établi qu'il connaissait le secret du vase chinois et qu'à plusieurs reprises sa tante y a pris de l'argent pour le lui remettre.

» Avait-il un mobile suffisant ?

» Le lendemain du crime, le 28 février, on devait lui présenter une traite qu'il avait signée et il n'avait pas les fonds nécessaires, de sorte qu'il était menacé de banqueroute.

» Enfin, possédons-nous des preuves de sa présence, cet après-midi-là, rue Manuel ?

» Six jours plus tard, on a retrouvé, dans un placard de son appartement, boulevard de Charonne, un complet bleu marine lui appartenant et portant, sur la manche et sur le revers, des taches de sang dont il n'a pu expliquer l'origine.

» Selon les experts, il s'agit de sang humain et, plus que probablement, de sang de Léontine Faverges.

» Restent des témoignages qui semblent se contredire, malgré la bonne foi des témoins.

» Mme Ernie, cliente de la voisine de palier de la victime, a vu un homme vêtu d'un complet bleu sortir de l'appartement de Léontine Faverges à cinq heures de l'après-midi et elle croit pouvoir jurer que cet homme avait les cheveux très bruns.

» D'autre part, vous avez entendu un professeur de piano, M. Germain Lombras, vous dire qu'à six heures du soir il s'est entretenu avec l'accusé dans l'atelier de la rue de la Roquette. M. Germain Lombras nous a néanmoins avoué qu'il lui reste un léger doute quant à la date de cette visite.

» On se trouve en présence d'un crime monstrueux, commis de sang-froid par un homme qui, non seulement s'est attaqué à une femme sans défense, mais n'a pas hésité à assassiner une enfant.

» Il ne peut donc pas être question de circonstances atténuantes, mais seulement de la peine capitale.

» Aux jurés de dire, en leur âme et conscience, s'ils croient Gaston Meurant coupable de ce double crime.

Maigret, qui en avait fini avec ses gangsters amateurs, se résignait à ouvrir sa porte et à faire face aux journalistes.

— Ils ont avoué ?

Il hochait affirmativement la tête.

— Pas trop de publicité, messieurs, je vous en prie. Surtout, ne les montez pas en épingle ! Ne donnez pas à ceux qui seraient tentés de les imiter l'impression que ces gamins ont accompli un exploit. Ce sont de pauvres types, croyez-moi...

Il répondait aux questions, brièvement, se sentant lourd et fatigué. Son esprit restait en partie dans la salle des Assises où c'était le tour du jeune défenseur de parler.

Il fut tenté d'ouvrir la porte vitrée communiquant avec le Palais pour aller rejoindre Lapointe. Mais à quoi bon ? Il imaginait la plaidoirie, qui commencerait à la façon d'un roman populaire.

Pierre Duché n'allait-il pas remonter aussi loin que possible dans le passé ?

Une famille du Havre, pauvre, grouillante d'enfants qui devaient se débrouiller le plus tôt possible. Dès quinze ou seize ans, les filles entraient en service, c'est-à-dire qu'elles partaient pour Paris où elles étaient censées entrer en service. Les parents avaient-ils le temps et les moyens de s'en préoccuper ? Elles écrivaient une fois par mois, d'une écriture appliquée, avec des fautes d'orthographe, joignant parfois un modeste mandat.

Deux sœurs étaient parties de la sorte, Léontine, d'abord, qui était entrée comme vendeuse dans un grand magasin et n'avait pas tardé à se marier.

Hélène, la plus jeune, avait travaillé dans une crémerie, puis chez une mercière de la rue d'Hauteville.

Le mari de la première était mort. Quant à la seconde, elle n'avait pas tardé à découvrir les bals de quartier.

Avaient-elles gardé des contacts entre elles ? Ce n'était pas sûr. Son mari mort dans un accident, Léontine Faverges avait fréquenté les brasseries de la rue Royale et les meublés du quartier de la Madeleine avant de se mettre à son compte rue Manuel.

Sa sœur, Hélène, avait eu deux enfants de pères inconnus et les avait élevés tant bien que mal pendant trois ans. Puis on l'avait emmenée un soir à l'hôpital pour une opération et elle n'en était jamais sortie.

— Mon client, messieurs les jurés, élevé par l'Assistance Publique...

C'était vrai, et Maigret aurait pu fournir à l'avocat, sur ce sujet, des statistiques intéressantes, le pourcentage, par exemple, des pupilles qui tournaient mal et qu'on retrouvait plus tard sur les bancs des tribunaux.

Ceux-ci étaient les révoltés, ceux qui en voulaient à la société de leur situation humiliante.

Or, contrairement à ce qu'on pense, à ce que les jurés pensaient sans doute, ils constituent la minorité.

Sans doute beaucoup, parmi les autres, sont-ils marqués aussi. Ils gardent, toute leur vie, un sentiment d'infériorité. Mais leur réaction, justement, est de se prouver à eux-mêmes qu'ils valent n'importe qui.

On leur a appris un métier et ils s'efforcent de devenir des artisans de premier ordre.

Leur orgueil est de fonder une famille,

une vraie, une famille régulière, avec des enfants qu'on promène le dimanche par la main.

Et quelle plus belle revanche, un jour, que de devenir des petits patrons, de s'installer à leur compte ?

Pierre Duché y avait-il pensé ? Est-ce cela qu'il était en train de leur dire, dans la salle où la fatigue commençait à flétrir les visages ?

Maigret, ce matin, au cours du long interrogatoire qu'il avait subi, avait omis quelque chose et maintenant il s'en voulait. Certes, le dialogue était consigné au dossier. Mais ce n'était qu'un détail sans importance.

La troisième fois que Ginette Meurant était venue à la P.J., dans son bureau, le commissaire lui avait demandé incidemment :

— Vous n'avez jamais eu d'enfant ?

Elle ne s'attendait apparemment pas à la question, car elle avait paru surprise.

— Pourquoi me demandez-vous ça ?

— Je ne sais pas... J'ai l'impression que votre mari est le genre d'homme à désirer des enfants... Ai-je tort ?

— Non.

— Il espérait en avoir de vous ?

— Au début, oui.

Il avait senti une hésitation, quelque

chose d'assez trouble, et il avait creusé plus avant.

— Vous ne pouvez pas en avoir ?

— Non.

— Il le savait en vous épousant ?

— Non. Nous n'avions jamais parlé de ça.

— Quand l'a-t-il appris ?

— Après quelques mois. Comme il espérait toujours et qu'il me posait chaque mois la même question, j'ai préféré lui avouer la vérité... Pas tout à fait la vérité... Enfin, le principal...

— C'est-à-dire ?

— Que j'ai été malade, avant de le connaître, et que j'ai subi une opération...

Il y avait sept ans de cela. Alors que Meurant avait espéré une famille, il n'y avait eu qu'un couple.

Il s'était mis à son compte. Puis, cédant à l'insistance de sa femme, il avait essayé un certain temps un autre métier que le sien. Comme il fallait s'y attendre, cela avait été un désastre. Il n'en avait pas moins, patiemment, remonté un petit commerce d'encadrement.

Cela formait un tout, aux yeux de Maigret qui, à tort ou à raison, attachait soudain une assez grande importance à cette question d'enfant.

Il n'allait pas jusqu'à affirmer que Meurant était innocent. Il avait vu des hommes aussi effacés que lui, aussi calmes, aussi doux en apparence, devenir violents.

Presque toujours, alors, c'était parce que, pour une raison ou pour une autre, ils étaient blessés au plus profond d'eux-mêmes.

Meurant, poussé par la jalousie, aurait pu commettre un crime passionnel. Peut-être aurait-il pu s'attaquer aussi à un ami qui l'aurait humilié.

Peut-être même, si sa tante lui avait refusé l'argent dont il avait un pressant besoin...

Tout était possible, sauf, semblait-il au commissaire, pour un homme qui avait tant désiré un enfant, d'étouffer lentement une petite fille de quatre ans.

— Allô, patron...

— J'écoute.

— Il a fini. La Cour et les jurés se retirent. Certains prévoient que cela sera long. D'autres, au contraire, sont persuadés que les jeux sont faits.

— Comment se comporte Meurant ?

— Toute l'après-midi, on aurait pu croire qu'il n'était pas question de lui. Il restait absent, l'œil sombre. Quand, à deux ou trois reprises, son avocat lui a adressé la parole, il s'est contenté de hausser les épaules. Enfin, lorsque le président lui a demandé s'il avait une déclaration à faire, il a paru ne pas comprendre. On a dû répéter la question. Il s'est contenté de hocher la tête.

— Il lui est arrivé de regarder sa femme ?

— Pas une seule fois.

— Je te remercie. Ecoute-moi bien : tu as repéré Bonfils dans la salle ?

— Oui. Il se tient à proximité de Ginette Meurant.

— Tu vas lui recommander de ne pas la perdre de vue à la sortie. Pour être plus sûr de ne pas se laisser semer, qu'il se fasse aider de Jussieu. Un des deux s'arrangera pour avoir une voiture à portée.

— J'ai compris. Je leur communique vos instructions.

— Elle finira sans doute par rentrer chez elle et il faut qu'un homme reste en permanence devant la maison, boulevard de Charonne.

— Et si...

— Si Meurant est acquitté, Janvier, que je vais envoyer là-bas, s'occupera de lui.

— Vous croyez que... ?

— Je ne sais rien, mon petit.

C'était vrai. Il avait agi au mieux. Il cherchait la vérité, mais rien ne prouvait qu'il l'avait trouvée, même partiellement.

L'enquête s'était déroulée en mars, puis au début d'avril, avec de grands coups de soleil sur Paris, des nuages clairs, quelques averses embuant soudain des matinées fraîches.

L'autre bout de la procédure prenait place dans un automne précoce, maussade, avec de la pluie, un ciel bas et spongieux, des trottoirs luisants.

Pour tuer le temps, il donna des signatures, alla tourner en rond dans le bureau des inspecteurs où il donna des instructions à Janvier.

— Arrange-toi pour me tenir au courant, même au milieu de la nuit.

Malgré son impassibilité apparente, il était nerveux, inquiet tout à coup, comme s'il se reprochait d'avoir pris une responsabilité trop lourde.

Quand le téléphone sonna dans son bureau, il s'y précipita.

— Terminé, patron !

On n'entendait pas que la voix de Lapointe mais des bruits divers, toute une rumeur.

— Il y avait quatre questions, deux pour chacune des victimes. La réponse est non pour les quatre. L'avocat, en ce moment même, s'efforce de conduire Meurant au greffe, malgré la foule qui...

La voix de Lapointe se perdit un instant dans le vacarme.

— Excusez-moi, patron... J'ai attrapé le premier téléphone venu... Je serai au bureau dès que possible.

Maigret se remit à marcher, bourrant sa pipe, en prenant une autre parce que celle-là ne tirait pas, ouvrant et refermant sa porte par trois fois.

Les couloirs de la P.J. étaient à nouveau déserts et seul un habitué, indicateur à ses heures, attendait dans la cage vitrée.

Quand Lapointe arriva, on sentait encore en lui l'excitation des Assises.

— Beaucoup le prévoyaient, mais cela a quand même fait de l'effet... Toute la salle s'est levée... La mère de la petite, qui avait repris sa place, s'est évanouie et a bien failli être piétinée...

— Meurant ?

— Il paraissait ne pas comprendre. Il s'est laissé emmener sans trop savoir ce qui lui arrivait. Les journalistes qui ont pu l'approcher n'en ont rien tiré. Alors, ils se sont rejetés à nouveau sur sa femme, à qui Lamblin servait de garde de corps.

» Tout de suite après le verdict, elle a essayé de se précipiter vers Meurant, comme pour se jeter à son cou... Il tournait déjà le dos à la salle...

— Où est-elle ?

— Lamblin l'a conduite dans je ne sais quel bureau, près du vestiaire des avocats... Jussieu s'occupe d'elle...

Il était six heures et demie. La P.J. commençait à se vider, des lampes à s'éteindre.

— Je rentre dîner chez moi.

— Et moi, qu'est-ce que je fais ?

— Tu vas dîner aussi et tu vas te coucher.

— Vous croyez qu'il se passera quelque chose ?

Le commissaire, qui ouvrait son placard pour y prendre son pardessus et son chapeau, se contenta de hausser les épaules.

— Tu te souviens de la perquisition ?

— Très bien.

— Tu es sûr qu'il n'y avait pas d'arme dans l'appartement ?

— Certain. Je suis persuadé que Meurant n'a jamais possédé d'arme de sa vie. Il n'a même pas fait de service militaire, à cause de sa vue...

— A demain, mon petit.

— A demain, patron.

Maigret prit l'autobus, puis longea, le dos rond, le col relevé, les façades du boulevard Richard-Lenoir. Comme il atteignait le palier de son étage, la porte s'ouvrit, dessinant un rectangle de lumière chaude et laissant échapper des odeurs de cuisine.

— Content ? lui demandait Mme Maigret.

— Pourquoi ?

— Parce qu'il est acquitté.

— Comment le sais-tu ?

— Je viens de l'entendre à la radio.

— Qu'est-ce qu'on dit d'autre ?

— Que sa femme l'attendait à la sortie et

qu'ils ont pris un taxi pour rentrer chez eux.

Il s'enfonçait dans son univers familier, retrouvait ses habitudes, ses pantoufles.

— Tu as très faim ?

— Je ne sais pas. Qu'y a-t-il à dîner ?

Il pensait à un autre appartement, où ils étaient deux aussi, boulevard de Charonne. Là-bas, il ne devait pas y avoir de dîner préparé, mais peut-être du jambon et du fromage dans le garde-manger.

Dans la rue, deux inspecteurs faisaient les cent pas sous la pluie, à moins qu'ils n'aient trouvé abri sur un seuil.

Que se passait-il ? Qu'est-ce que Gaston Meurant, qui vivait depuis sept mois en prison, avait dit à sa femme ? Comment la regardait-il ? Avait-elle tenté de l'embrasser, de poser sa main sur la sienne ?

Lui jurait-elle que tout ce qu'on avait dit sur son compte était faux ?

Ou bien lui demandait-elle pardon en jurant qu'elle n'aimait que lui ?

Allait-il, le lendemain, retourner dans sa boutique, dans son atelier d'encadrement au fond de la cour ?

Maigret mangeait machinalement et Mme Maigret savait que ce n'était pas le moment de le questionner.

La sonnerie du téléphone retentit.

— Allô, oui... C'est moi... Vacher ? ... Jussieu est toujours avec vous ? ...

106

— Je téléphone d'un bistrot des environs pour vous faire mon rapport... Je n'ai rien à dire de spécial, mais je me suis dit que vous aimeriez le savoir...

— Ils sont rentrés chez eux ?

— Oui.

— Seuls ?

— Oui. Quelques instants plus tard, les lampes se sont éclairées au troisième étage. J'ai vu des ombres aller et venir derrière le rideau...

— Ensuite ?

— Après une demi-heure environ, la femme est descendue, un parapluie à la main. Jussieu l'a suivie. Elle n'est pas allée loin. Elle est entrée dans une charcuterie, puis dans une boulangerie, après quoi elle est remontée chez elle...

— Jussieu l'a vue de près ?

— D'assez près, à travers la vitrine du charcutier.

— Quel air a-t-elle ?

— On dirait qu'elle a pleuré. Ses pommettes étaient rouges, ses yeux brillants...

— Elle ne paraissait pas inquiète ?

— Jussieu prétend que non.

— Et depuis ?

— Je suppose qu'ils ont mangé. J'ai revu la silhouette de Ginette Meurant dans la pièce qui semble être la chambre à coucher...

— C'est tout ?

— Oui. Nous restons ici tous les deux ?

— C'est plus prudent. J'aimerais que, tout à l'heure, l'un de vous monte la garde à l'intérieur de l'immeuble. Les locataires doivent se coucher de bonne heure. Que Jussieu, par exemple, s'installe sur le palier, dès que les allées et venues auront cessé. Il peut avertir la concierge en la priant de se taire.

— Bien, patron.

— Rappelle-moi quand même d'ici deux heures.

— Si le bistrot est encore ouvert.

— Sinon, il est possible que je passe par là.

Il n'y avait pas d'arme dans l'appartement, soit, mais l'assassin de Léontine Faverges ne s'était-il pas servi d'un couteau, qu'on n'avait d'ailleurs pas retrouvé ? Un couteau très aiguisé, affirmaient les experts, qui pensaient que c'était probablement un couteau de boucher.

On avait questionné tous les couteliers, tous les quincailliers de Paris et, bien entendu, cela n'avait rien donné.

En définitive, on ne savait rien, sinon qu'une femme et qu'une petite fille étaient mortes, qu'un certain complet bleu qui portait des taches de sang appartenait à Gaston Meurant et que la femme de celui-ci, à l'époque du crime, retrouvait plusieurs fois par semaine un amant dans un meublé de la rue Victor-Massé.

C'était tout. Faute de preuves, les jurés venaient d'acquitter l'encadreur.

S'ils ne pouvaient pas affirmer qu'il était coupable, ils ne pouvaient pas non plus affirmer son innocence.

Pendant l'incarcération de son mari, Ginette Meurant avait mené une existence exemplaire, sortant à peine de chez elle, ne rencontrant aucun individu suspect.

Il n'y avait pas le téléphone dans son logement. On avait surveillé son courrier sans résultat.

— Tu comptes vraiment aller là-bas cette nuit ?

— Juste faire un tour avant de me coucher.

— Tu crains quelque chose ?

Que pouvait-il répondre ? Qu'ils étaient deux, si peu faits pour vivre ensemble, dans le curieux appartement où l'*Histoire du Consulat et de l'Empire* voisinait, sur les rayons du *cosy-corner,* avec des poupées de soie et avec des confidences de vedettes.

## 5

Vers onze heures et demie, Maigret était descendu un moment de taxi boulevard de Charonne. Un Jussieu au visage inexpressif de ceux qui font une planque de nuit était sorti sans bruit de l'ombre, avait désigné, au-dessus d'eux, une fenêtre éclairée du troisième étage. C'était une des rares lumières dans le quartier, un quartier où les gens vont au travail de bonne heure.

Si la pluie tombait toujours, les gouttes s'étaient espacées et on commençait à voir une lueur argentée entre les nuages.

— Cette fenêtre-là, c'est la salle à manger, avait expliqué l'inspecteur, qui répandait une forte odeur de cigarette. Dans la chambre, il y a une demi-heure que la lampe s'est éteinte.

Maigret attendit quelques minutes, espérant surprendre de la vie derrière le rideau. Comme rien ne bougeait, il rentra se coucher.

Par les rapports et les coups de téléphone, il allait reconstituer, le lendemain, puis suivre heure par heure l'activité des Meurant.

A six heures du matin, alors que la concierge rentrait les poubelles, deux autres inspecteurs allèrent prendre la relève, sans toutefois pénétrer dans la maison car, de jour, il n'était plus possible que l'un d'eux se tienne dans l'escalier.

Le rapport de Vacher, qui y avait passé la nuit, tantôt assis sur une marche, tantôt debout contre la porte, dès que quelque chose bougeait dans le logement, était quelque peu déroutant.

D'assez bonne heure, après un repas au cours duquel le couple n'avait presque pas parlé, Ginette Meurant était passée dans la chambre à coucher pour se déshabiller ; Jussieu, qui l'avait vue, de l'extérieur, en ombre chinoise, passer sa robe par-dessus sa tête, le confirmait.

Son mari ne l'avait pas suivie. Elle était venue lui dire quelques mots, s'était apparemment couchée cependant qu'il restait assis dans un fauteuil de la salle à manger.

Par la suite, à plusieurs reprises, il s'était levé, avait marché de long en large, s'arrêtant parfois, repartant, se rasseyant.

Vers minuit, sa femme était venue lui parler à nouveau. Du palier, Vacher ne pouvait pas distinguer les mots, mais il reconnaissait les deux voix. Le ton n'était pas celui d'une dispute. C'était une sorte de monologue de la jeune femme, avec, de temps en temps, une très courte phrase, voire un seul mot du mari.

Elle s'était recouchée, toujours seule, semblait-il. La lumière ne s'était pas éteinte dans la salle à manger et, vers deux heures et demie, Ginette était revenue à charge une fois encore.

Meurant ne dormait pas, car il avait répondu tout de suite, laconiquement. Vacher pensait qu'elle avait pleuré. Il avait entendu, en effet, une complainte monotone, ponctuée par des reniflements caractéristiques.

Toujours sans colère, le mari la renvoyait dans son lit et sans doute s'assoupissait-il enfin dans son fauteuil.

Plus tard, un bébé s'était éveillé à l'étage au-dessus ; il y avait eu des pas assourdis puis, dès cinq heures, les locataires avaient commencé à se lever, les lampes à s'allumer ; l'odeur du café avait envahi la cage d'escalier. A cinq heures et demie, déjà, un homme partait pour son travail et regardait curieusement l'inspecteur qui n'avait aucun moyen de se cacher, puis regardait la porte et paraissait comprendre.

C'étaient Dupeu et Baron qui prenaient la relève, dehors, à six heures. Il ne pleuvait

113

plus. Les arbres s'égouttaient. Le brouillard empêchait de voir à plus de vingt mètres.

La lampe de la salle à manger restait allumée, celle de la chambre éteinte. Meurant ne tardait pas à sortir de la maison, non rasé, les vêtements fripés comme quelqu'un qui a passé la nuit tout habillé, et il s'était dirigé vers le bar-tabac du coin où il avait bu trois tasses de café noir et mangé des croissants. Au moment de tourner le bec-de-canne de la porte pour sortir, il s'était ravisé et, se dirigeant à nouveau vers le zinc, il avait commandé un cognac qu'il avait avalé d'un trait.

L'enquête, au printemps, indiquait que ce n'était pas un buveur, qu'il ne prenait guère qu'un peu de vin aux repas et, l'été, de temps en temps un verre de bière.

Il se dirigeait, à pied, vers la rue de la Roquette, ne se retournait pas pour savoir s'il était suivi. Arrivé devant son magasin, il s'arrêtait un moment devant les volets fermés, n'entrait pas, pénétrait dans la cour, et ouvrait avec sa clé la porte de l'atelier vitré.

Il y restait assez longtemps debout, à ne rien faire, regardant autour de lui l'établi, les outils accrochés au mur, les cadres qui pendaient, les planches et les copeaux. De l'eau s'était infiltrée sous la porte et formait une petite mare sur le sol de ciment.

Meurant avait ouvert le poêle, y avait mis du petit bois, un reste de boulets, puis, au moment de frotter une allumette il s'était ravisé, était sorti et avait refermé la porte derrière lui.

Il avait marché assez longtemps, comme sans but défini. Place de la République, il était encore entré dans un bar où il avait bu un second cognac tandis que le garçon le regardait avec l'air de se demander où il avait vu son visage.

S'en rendait-il compte ? Deux ou trois passants aussi s'étaient retournés sur lui car, le matin même, sa photographie paraissait encore dans les journaux sous un gros titre :

*Gaston Meurant acquitté*

Ce titre, cette photographie, il pouvait les voir à tous les kiosques, mais il n'avait pas la curiosité d'acheter un journal. Il prenait l'autobus, en descendait vingt minutes plus tard place Pigalle et se dirigeait vers la rue Victor-Massé.

Enfin, il s'arrêtait devant l'hôtel meublé tenu par Nicolas Cajou, l'Hôtel du Lion, et restait longtemps à en fixer la façade.

Quand il se remettait en route, c'était pour redescendre vers les Grands Boulevards, d'une démarche irrégulière, s'arrêtant parfois à un carrefour comme s'il ne savait où aller, achetant en chemin un paquet de cigarettes...

Par la rue Montmartre, il avait atteint les Halles et l'inspecteur avait failli le perdre dans la cohue. Au Châtelet, il avait bu un troisième cognac, toujours d'un trait, et il était enfin arrivé Quai des Orfèvres.

Maintenant que le jour était levé, le brouillard, jaunâtre, devenait moins épais. Maigret, dans son bureau, recevait un rapport téléphonique de Dupeu, resté en faction boulevard de Charonne.

— La femme s'est levée à huit heures moins dix. Je l'ai vue qui ouvrait les rideaux, puis la fenêtre, pour regarder dans la rue. Elle avait l'air de chercher son mari des yeux. Il est probable qu'elle ne l'a pas entendu partir et qu'elle a été surprise de trouver la salle à manger vide. Je crois qu'elle m'a aperçu, patron...

— Cela ne fait rien. Si elle sort à son tour, essaie de ne pas te faire semer.

Sur le quai, Gaston Meurant était hésitant, regardant les fenêtres de la P.J. du même œil qu'il regardait tout à l'heure celles de l'hôtel meublé. Il était neuf heures et demie. Il marcha encore jusqu'au pont Saint-Michel, fut sur le point de le traverser, revint sur ses pas et, passant devant l'agent de garde, s'avança enfin sous la voûte.

Il connaissait les lieux. On le voyait gravir lentement l'escalier grisâtre, s'arrêter, non pour souffler, mais parce qu'il hésitait toujours.

— Il monte, patron ! téléphonait Baron, d'un bureau du rez-de-chaussée.

Et Maigret répétait à Janvier, qui se trouvait dans son bureau :

— Il monte.

Ils attendaient tous les deux. C'était long. Meurant ne se décidait pas, rôdait dans le couloir, s'arrêtait devant la porte du commissaire comme s'il allait y frapper sans se faire annoncer.

— Qu'est-ce que vous cherchez ? lui demandait Joseph, le vieil huissier.

— Je voudrais parler au commissaire Maigret.

— Venez par ici. Remplissez votre fiche.

Le crayon à la main, il pensait encore à s'en aller et Janvier sortit à ce moment du bureau de Maigret.

— Vous venez voir le commissaire ? Suivez-moi.

Tout cela, pour Meurant, devait se passer comme dans un cauchemar. Il avait le visage de quelqu'un qui n'a guère dormi, les yeux rouges, et il sentait la cigarette et l'alcool. Pourtant, il n'était pas ivre. Il suivait Janvier. Celui-ci lui ouvrait la porte, le faisait passer devant lui et la refermait sans entrer lui-même.

Maigret, à son bureau, apparemment plongé dans l'étude d'un dossier, resta un moment sans lever la tête, puis il se tourna vers son visiteur, sans montrer de surprise, murmura :

— Un instant...

Il annotait un document, puis un autre, murmurait distraitement :

— Asseyez-vous.

Meurant ne s'asseyait pas, n'avançait pas dans la pièce. A bout de patience, il prononçait :

— Vous croyez peut-être que je suis venu vous dire merci ?

Sa voix n'était pas tout à fait naturelle. Il était un peu enroué et il essayait de mettre du sarcasme dans son apostrophe.

— Asseyez-vous, répétait Maigret sans le regarder.

Cette fois, Meurant faisait trois pas, saisissait le dossier d'une chaise au siège garni de velours vert.

— Vous avez fait ça pour me sauver ?

Le commissaire l'examinait enfin des pieds à la tête, calmement.

— Vous paraissez fatigué, Meurant.

— Il ne s'agit pas de moi mais de ce que vous avez fait hier.

Sa voix était plus sourde, comme s'il se fût efforcé de contenir sa colère.

— Je suis venu vous dire que je ne vous crois pas, que vous avez menti, comme ces gens ont menti, que j'aimerais mieux être

118

en prison, que vous avez commis une mauvaise action...

L'alcool provoquait-il en lui un certain décalage ? C'était possible. Pourtant, encore une fois, il n'était pas ivre et, ces phrases-là, il avait dû les répéter dans sa tête une bonne partie de la nuit.

— Asseyez-vous.

Enfin ! Il s'y décidait, à contrecœur, comme s'il eût flairé un piège.

— Vous pouvez fumer.

Par protestation, pour ne rien devoir au commissaire, il ne le faisait pas, malgré son envie, et sa main tremblait.

— Il vous est facile de faire dire ce que vous voulez à des gens comme ça, qui dépendent de la police...

Il s'agissait évidemment de Nicolas Cajou, tenancier d'un hôtel de passe, et de la femme de chambre.

Maigret allumait sa pipe, lentement, attendait.

— Vous savez aussi bien que moi que c'est faux...

Son angoisse lui mettait des gouttes de sueur au front. Maigret parlait enfin.

— Vous prétendez que vous avez tué votre tante et la petite Cécile Perrin ?

— Vous savez bien que non.

— Je ne le *sais* pas, mais je suis persuadé que vous ne l'avez pas fait. Pourquoi, croyez-vous ?

Surpris, Meurant ne trouvait rien à répondre.

— Il y a beaucoup d'enfants dans l'immeuble que vous habitez, boulevard de Charonne, n'est-ce pas ?

Meurant disait oui, machinalement.

— Vous les entendez aller et venir. Il arrive qu'au retour de l'école ils jouent dans l'escalier. Vous leur parlez parfois ?

— Je les connais.

— Bien que n'ayant pas d'enfant vous-même, vous êtes au courant des heures de classe. Cela m'a frappé, dès le début de l'enquête. Cécile Perrin fréquentait l'école maternelle. Léontine Faverges allait l'y rechercher chaque jour, sauf le jeudi, à quatre heures de l'après-midi. Jusqu'à quatre heures, votre tante était donc seule dans l'appartement.

Meurant s'efforçait de comprendre.

— Vous aviez une grosse échéance le 28 février, soit. Il est possible que, la dernière fois que vous lui avez emprunté de l'argent, Léontine Faverges vous ait signifié qu'elle ne céderait plus. En supposant que vous ayez projeté de la tuer pour vous emparer de l'argent du vase chinois et des titres...

— Je ne l'ai pas tuée.

— Laissez-moi finir. En supposant, dis-je, que vous ayez eu cette idée, vous n'aviez aucune raison de vous rendre rue Manuel

120

après quatre heures et, par conséquent, d'avoir à tuer deux personnes au lieu d'une. Les criminels qui s'en prennent aux enfants sans nécessité sont rares et ceux-là appartiennent à une catégorie bien définie.

On aurait pu croire que Meurant, une buée dans les yeux, était sur le point de pleurer.

— Celui qui a assassiné Léontine Faverges et l'enfant, ou bien ignorait l'existence de cette dernière, ou bien était obligé de faire son coup en fin d'après-midi. Or, s'il connaissait le secret du vase et le tiroir aux actions, il est vraisemblable qu'il connaissait aussi la présence de Cécile Perrin dans l'appartement.

— Où voulez-vous en venir ?

— Fumez une cigarette.

L'homme obéissait machinalement, continuait à regarder Maigret d'un œil soupçonneux où il n'y avait déjà plus la même colère.

— Nous supposons toujours, n'est-ce pas ? L'assassin sait que vous devez venir vers six heures rue Manuel. Il n'ignore pas que les médecins légistes — les journaux l'ont assez répété — sont capables de déterminer à une heure ou deux près, dans la plupart des cas, l'heure de la mort.

— Personne ne savait que...

Sa voix aussi avait changé et, maintenant, son regard se détournait du visage du commissaire.

— En commettant son crime vers cinq heures, le meurtrier était à peu près sûr que vous seriez soupçonné. Il ne pouvait prévoir qu'un client se présenterait à votre atelier à six heures et, d'ailleurs, le professeur de musique n'a pu fournir un témoignage formel, puisqu'il n'est pas sûr de la date.

— Personne ne savait... répétait Meurant mécaniquement.

Maigret, soudain, changeait de sujet.

— Vous connaissez vos voisins, boulevard de Charonne ?

— Je les salue dans l'escalier.

— Ils ne viennent jamais chez vous, même pour une tasse de café ? Vous n'allez pas chez eux ? Vous n'entretenez avec aucun des relations plus ou moins amicales ?

— Non.

— Il y a donc des chances pour qu'ils n'aient jamais entendu parler de votre tante.

— Maintenant, oui !

— Pas avant. Votre femme et vous aviez beaucoup d'amis à Paris ?

Meurant répondait de mauvaise grâce, comme s'il craignait, en cédant sur un point, d'avoir à lâcher sur toute la ligne.

— Qu'est-ce que cela change ?

— Chez qui alliez-vous dîner à l'occasion ?

— Chez personne.

— Avec qui sortiez-vous le dimanche ?

— Avec ma femme.

— Et elle n'a pas de famille à Paris. Vous non plus, à part votre frère, qui vit le plus souvent dans le Midi et avec qui, depuis deux ans, vous avez rompu les relations.

— Nous ne nous sommes pas disputés.

— Vous avez cependant cessé de le voir.

Et Maigret paraissait à nouveau changer de sujet.

— Combien existe-t-il de clés de votre appartement ?

— Deux. Ma femme en a une, moi l'autre.

— Il n'arrivait jamais qu'en sortant l'un de vous deux laisse la clé à la concierge ou à un voisin ?

Meurant préférait se taire, comprenant que Maigret ne disait rien sans raison, incapable toutefois de voir où il voulait en venir.

— La serrure, ce jour-là, n'a pas été forcée, les experts qui l'ont étudiée l'affirment. Pourtant, si vous n'avez pas tué, quelqu'un est entré chez vous par deux fois, la première pour prendre votre complet bleu dans l'armoire de la chambre à coucher, la seconde pour l'y remettre avec tant de soin que vous ne vous êtes aperçu de rien. Vous l'admettez ?

— Je n'admets rien. Tout ce que je sais, c'est que ma femme...

— Quand vous l'avez rencontrée, voilà sept ans, vous étiez un solitaire. Est-ce que je me trompe ?

— Je travaillais toute la journée et, le soir, je lisais, j'allais parfois au cinéma.

— Est-ce qu'elle s'est jetée à votre cou ?

— Non.

— D'autres hommes, d'autres clients du restaurant où elle était serveuse, ne lui faisaient-ils pas la cour ?

Il serrait les poings.

— Et alors ?

— Combien de temps avez-vous été obligé d'insister pour qu'elle accepte de sortir avec vous ?

— Trois semaines.

— Qu'avez-vous fait, le premier soir ?

— Nous sommes allés au cinéma, puis elle a voulu danser.

— Vous dansez bien ?

— Non.

— Elle s'est moquée de vous ?

Il ne répondit pas, de plus en plus dérouté par la tournure de l'entretien.

— Vous l'avez emmenée ensuite chez vous ?

— Non.

— Pourquoi ?

— Parce que je l'aimais.

— Et la seconde fois ?

— Nous sommes encore allés au cinéma.

— Ensuite ?

— A l'hôtel.

— Pourquoi pas chez vous ?

— Parce que je vivais dans une chambre mal meublée au fond d'une cour.

— Vous aviez déjà l'intention de l'épouser et vous craigniez de la décourager ?

— J'ai tout de suite eu envie d'en faire ma femme.

— Vous saviez qu'elle avait eu beaucoup d'amis ?

— Cela ne regarde personne. Elle était libre.

— Vous lui avez parlé de votre métier, de votre magasin ? Car vous aviez déjà un magasin, faubourg Saint-Antoine, si je ne me trompe.

— Bien sûr que je lui en ai parlé.

— N'était-ce pas avec l'arrière-pensée de la tenter ? En vous épousant, elle deviendrait la femme d'un commerçant. Meurant avait rougi.

— Comprenez-vous à présent que c'est vous qui avez voulu l'avoir et que, pour y arriver, vous n'avez pas hésité à tricher un peu ? Aviez-vous des dettes ?

— Non.

— Des économies ?

— Non.

— Elle ne vous a pas parlé de son désir de tenir un jour un restaurant ?

— Plusieurs fois.

— Que lui avez-vous répondu ?

— Peut-être.

— Vous aviez l'intention de changer de métier ?

— Pas à cette époque-là.

— Vous ne vous y êtes décidé que plus tard, après deux ans de mariage, quand elle est revenue à charge et qu'elle vous a parlé d'une occasion exceptionnelle.

Il était troublé et Maigret poursuivait, implacable :

— Vous étiez jaloux. Par jalousie, vous la forciez à rester à la maison au lieu de travailler comme elle en avait envie. Vous habitiez alors un logement de deux pièces, rue de Turenne. Chaque soir, vous insistiez pour qu'elle vous fournisse l'emploi de son temps. Etiez-vous réellement persuadé qu'elle vous aimait ?

— Je le croyais.

— Sans arrière-pensée ?

— Cela n'existe pas.

— Votre frère, je pense, vous voyait assez souvent ?

— Il vivait à Paris.

— Sortait-il avec votre femme ?

— Il nous arrivait de sortir tous les trois.

— Ils ne sortaient jamais tous les deux ?

— Quelquefois.

— Votre frère habitait à l'hôtel, rue Bréa,

près des Ternes. Votre femme allait-elle le voir dans sa chambre ?

Torturé, Meurant criait presque :

— Non !

— A-t-elle jamais possédé un pull-over comme on en porte pour faire du ski en montagne, un pull-over en grosse laine blanche, tricotée à la main, avec, en noir et brun, des dessins représentant des rennes ? Lui arrivait-il, l'hiver, de sortir ainsi vêtue, avec des pantalons noirs plus étroits aux chevilles ?

Les sourcils froncés, il fixait intensément Maigret.

— Où voulez-vous en venir ?

— Répondez.

— Oui. C'était rare. Je n'aimais pas qu'elle aille dans la rue en pantalon.

— Avez-vous rencontré souvent des femmes ainsi vêtues dans les rues de Paris ?

— Non.

— Lisez ceci, Meurant.

Maigret extrayait une pièce d'un dossier, le témoignage de la gérante de l'hôtel de la rue Bréa. Elle se souvenait parfaitement d'avoir eu pour locataire Alfred Meurant, qui avait occupé longtemps une chambre au mois dans son établissement et qui, depuis, y revenait parfois pour quelques jours. Il recevait beaucoup de femmes. Elle reconnaissait sans hésitation la photographie qu'on lui présentait et qui était celle de Ginette Meurant. Elle se rappelait même l'avoir vue dans une tenue excentrique...

Suivait la description du pull-over et du pantalon.

Ginette Meurant était-elle revenue récemment rue Bréa ?

Réponse de l'hôtelière : Il y avait moins d'un an, lors d'un court passage à Paris d'Alfred Meurant.

— C'est faux ! protestait l'homme en repoussant le papier.

— Voulez-vous que je vous donne à lire tout le dossier ? Il contient trente témoignages au moins, tous d'hôteliers, dont un de Saint-Cloud. Votre frère a-t-il possédé une auto bleu ciel décapotable ?

Le visage de Meurant fournissait la réponse.

— Il n'y a pas eu que lui. Au bal de la rue Gravilliers, on a connu à votre femme une quinzaine d'amants.

Maigret, lourd et sombre, bourrait une nouvelle pipe et ce n'était pas de gaieté de cœur qu'il avait donné une telle tournure à l'entretien.

— C'est faux ! grondait encore le mari.

— Elle ne vous a pas demandé de devenir votre femme. Elle n'a rien fait pour ça. Elle a hésité trois semaines à sortir avec vous, peut-être pour ne pas vous faire de peine. Elle vous a suivi à l'hôtel quand vous le lui avez demandé car, pour elle, c'était sans importance. Vous avez fait miroiter à ses yeux une existence agréable, facile, la sécurité, l'accès à une certaine forme de bourgeoisie. Vous lui avez plus ou moins promis qu'un jour vous réaliseriez son rêve d'un petit restaurant.

» Par jalousie, vous l'avez empêchée de travailler.

» Vous ne dansiez pas. Vous n'aimiez guère le cinéma.

— Nous y allions chaque semaine.

— Le reste du temps, elle était condamnée à s'y rendre seule. Le soir, vous lisiez.

— J'ai toujours rêvé de m'instruire.

— Et elle a toujours rêvé d'autre chose. Vous commencez à comprendre ?

— Je ne vous crois pas.

— Cependant, vous êtes sûr de n'avoir parlé à personne du vase chinois. Et, le 27 février, vous ne portiez pas votre complet bleu. Votre femme et vous étiez les seuls à posséder la clé de l'appartement du boulevard de Charonne.

Le téléphone sonnait. Maigret décrochait.

— C'est moi, oui...

Baron était à l'autre bout du fil.

— Elle est sortie vers neuf heures, à neuf heures moins quatre minutes exactement, et s'est dirigée vers le boulevard Voltaire.

— Habillée comment ?

— Une robe à fleurs et un manteau de laine brune. Sans chapeau.

— Ensuite ?

— Elle est entrée chez un marchand d'articles de voyage et a acheté une valise bon marché. Elle est retournée, la valise à la main, dans son appartement. Il doit y faire chaud, car elle a ouvert la fenêtre. De temps en temps, je l'aperçois qui va et vient et je suppose qu'elle est en train de faire ses bagages.

Tout en écoutant, Maigret regardait Meurant, qui soupçonnait qu'il était question de sa femme et qui se montrait inquiet.

— Il ne lui est rien arrivé ? demanda-t-il même à certain moment.

Maigret secoua la tête.

— Comme il y a le téléphone chez la concierge, continuait Baron, j'ai fait venir un taxi qui stationne à une centaine de mètres, pour le cas où elle en appellerait un.

— Très bien. Tiens-moi au courant.

Et, à Meurant :

— Un instant...

Le commissaire pénétrait dans le bureau des inspecteurs, s'adressait à Janvier.

— Tu ferais bien de prendre une voiture de la maison et d'aller là-bas, boulevard de Charonne, au plus vite. On dirait que Ginette Meurant s'apprête à lever le pied.

Peut-être soupçonne-t-elle son mari d'être venu ici ? Elle doit en avoir peur.

— Comment réagit-il ?

— Je préfère ne pas être dans sa peau.

Maigret aurait préféré aussi s'occuper d'autre chose.

— On vous demande au téléphone, monsieur le commissaire.

— Passez-moi la communication ici.

C'était le procureur de la République, qui ne se sentait pas non plus la conscience tout à fait tranquille.

— Il ne s'est rien passé ?

— Ils sont rentrés chez eux. Il semble qu'ils aient dormi chacun dans une pièce. Meurant est sorti de bonne heure et se trouve en ce moment dans mon bureau.

— Que lui avez-vous dit ? Je suppose qu'il ne peut pas vous entendre ?

— Je suis dans le bureau des inspecteurs. Il n'est pas encore sûr de me croire. Il se débat. Il commence à comprendre qu'il lui faudra regarder la vérité en face.

— Vous ne craignez pas qu'il...

— Il y a toutes les chances pour qu'il ne la trouve pas en rentrant chez lui. Elle est en train de faire ses bagages.

— Et s'il la retrouve ?

— Après le traitement que je suis obligé de lui infliger, ce n'est pas tant à elle qu'il en voudra.

— Ce n'est pas l'homme à se suicider ?

— Pas tant qu'il ne saura pas la vérité.

— Vous comptez la découvrir ?

Maigret ne dit rien, haussa les épaules.

— Dès que vous aurez du nouveau...

— Je vous téléphonerai ou je passerai par votre bureau, monsieur le procureur.

— Vous avez lu les journaux ?

— Seulement les titres.

Maigret raccrocha. Janvier était déjà parti. Il valait mieux retenir Meurant un certain temps, pour éviter qu'il trouve sa femme au milieu de ses préparatifs de départ.

Qu'il la retrouve ensuite, ce serait moins grave. Le moment le plus dangereux serait passé. C'est pourquoi Maigret, la pipe à la bouche, allait et venait, arpentait un instant le long couloir moins surchauffé.

Puis, regardant sa montre, il pénétrait dans son bureau et retrouvait un Meurant plus calme, l'air réfléchi.

— Il reste une possibilité dont vous n'avez pas parlé, objectait le mari de Ginette. Une personne, au moins, devait connaître le secret du vase chinois.

— La mère de l'enfant ?

— Oui : Juliette Perrin. Elle rendait souvent visite à Léontine Faverges et à Cécile. Même si la vieille femme ne lui a rien dit au sujet de son argent, l'enfant a pu voir...

— Vous croyez que je n'y ai pas pensé ?

— Pourquoi n'avez-vous pas cherché

132

dans cette direction ? Juliette Perrin travaille dans une boîte de nuit. Elle fréquente
des gens de toutes sortes...

Il se raccrochait désespérément à cet
espoir et Maigret avait scrupule à le déce-
voir. C'était pourtant nécessaire.

— Nous avons enquêté sur toutes ses
relations, sans résultat.

» Il y a d'ailleurs une chose que ni
Juliette Perrin ni ses amants d'un soir ou
réguliers ne pouvaient se procurer sans une
complicité bien déterminée.

— Quoi ?

— Le complet bleu. Vous connaissez la
mère de l'enfant ?

— Non.

— Vous ne l'avez jamais rencontrée rue
Manuel ?

— Non. Je savais que la mère de Cécile
faisait le métier d'entraîneuse, mais je
n'avais jamais eu l'occasion de la voir.

— N'oubliez pas non plus que sa fille a
été tuée.

C'était, pour Meurant, une nouvelle issue
qui se fermait. Il cherchait toujours, il
tâtonnait, bien décidé à ne pas accepter la
vérité.

— Ma femme a pu parler étourdiment.

— A qui ?

— Je n'en sais rien.

— Et donner, étourdiment aussi, la clé

de votre appartement en partant pour le cinéma ?

Téléphone. Janvier, cette fois, un peu essoufflé.

— Je vous appelle de chez la concierge, patron. La personne est partie en taxi avec la valise et un sac brun assez rebondi. J'ai relevé à tout hasard le numéro de la voiture. Elle appartient à une compagnie de Levallois et il sera facile de la retrouver. Baron la suit dans un autre taxi. J'attends ici ?

— Oui.

— Vous êtes toujours avec lui ?

— Oui.

— Je suppose qu'après son arrivée je ne bouge pas ?

— Cela vaut mieux.

— Je vais garer la voiture près d'une des portes du cimetière. On la remarquera moins. Vous comptez le lâcher bientôt ?

— Oui.

Meurant essayait toujours de deviner et l'effort lui faisait monter le sang à la tête. Il était à bout de fatigue, au bout du désespoir aussi, mais il parvenait à tenir bon, et même presque à sourire.

— C'est ma femme qu'on surveille ?

Maigret fit signe que oui.

— Je suppose que je vais être surveillé également ?

Geste vague du commissaire.

— Je n'ai pas d'arme, croyez-le !

— Je sais.

— Je n'ai l'intention de tuer personne, ni de me tuer moi-même.

— Je le sais aussi.

— En tout cas, pas maintenant.

Il se levait, hésitant, et Maigret comprenait que la crise était sur le point d'éclater, que l'homme se retenait pour ne pas fondre en larmes, sangloter, frapper les murs de ses poings serrés.

— Courage, vieux.

Meurant détournait la tête, marchait vers la porte, pas très sûr de ses pas. Le commissaire lui posait un instant la main sur l'épaule, sans insister.

— Venez me voir quand vous voudrez.

Meurant sortait enfin sans montrer son visage, sans dire merci, et la porte se refermait.

Baron, sur le quai, attendait de reprendre sa filature.

# 6

A midi, alors qu'il se préparait à rentrer déjeuner chez lui, Maigret reçut les premières nouvelles de Ginette Meurant.

C'était Dupeu qui téléphonait d'un bar de la rue Delambre, dans le quartier Montparnasse, près de la rue de la Gaîté. Dupeu était un excellent inspecteur qui n'avait qu'un défaut : il débitait ses rapports d'une voix monotone, avec l'air de ne devoir jamais finir, accumulant tant de détails qu'on finissait par l'écouter d'une orcille distraite.

— Passez !... Passez !... avait-on toujours envie de lui dire.

Si on avait le malheur de le faire, il prenait un air si triste qu'on se repentait aussitôt.

— Je suis dans un bar appelé le *Pickwick*, patron, à cent mètres du boulevard Montparnasse, et il y a douze minutes qu'elle est descendue en face, à l'Hôtel de

Concarneau. C'est un hôtel convenable qui annonce l'eau courante chaude et froide et le téléphone dans toutes les chambres, une salle de bains à chaque étage. Elle occupe la chambre 32 et ne paraît pas disposée à partir de sitôt car elle a discuté des prix et loué à la semaine. A moins que ce soit une ruse.

— Elle sait qu'elle a été suivie ?

— J'en ai la conviction. Dans le taxi, elle s'est retournée plusieurs fois. Au moment de quitter le boulevard de Charonne, elle a montré au chauffeur une carte de visite qu'elle a tirée de son sac à main. Lorsque nous sommes arrivés l'un derrière l'autre boulevard Saint-Michel, elle s'est penchée vers le chauffeur. Je la voyais nettement à travers la vitre arrière. Il a tout à coup obliqué à droite, dans le faubourg Saint-Germain, puis, pendant près de dix minutes, il a tourné en rond dans les petites rues de Saint-Germain-des-Prés.

» Je suppose qu'elle espérait me semer. Quand elle a compris que ce n'était pas possible, elle a donné de nouvelles instructions et son taxi n'a pas tardé à s'arrêter devant un immeuble de la rue Monsieur-le-Prince.

Maigret écoutait patiemment, sans interrompre.

— Elle a gardé la voiture et est entrée. Je suis entré un peu après elle et j'ai questionné la concierge. La personne que

138

Ginette Meurant est allée voir n'est autre que M$^e$ Lamblin, qui habite le premier étage. Elle est restée dans la maison une vingtaine de minutes. Lorsqu'elle est sortie, il m'a semblé qu'elle n'était pas très satisfaite et elle a tout de suite donné au chauffeur l'ordre de la conduire ici. Je suppose que je continue la planque ?

— Jusqu'à ce que quelqu'un vienne te relayer.

Janvier, lui, était sans doute encore boulevard de Charonne, à surveiller le mari en compagnie de Baron.

Etait-ce seulement pour lui demander conseil que Ginette Meurant s'était rendue chez l'avocat ? Maigret en doutait. Avant de quitter la P.J., il donnait des instructions à Lucas, puis se dirigeait vers la station d'autobus.

Sept mois plus tôt, le 27 février, les Meurant n'avaient guère d'argent, puisqu'ils n'étaient pas en mesure de payer la traite qui serait présentée le lendemain. En outre, ils avaient des notes en souffrance chez les fournisseurs du quartier, ce qui était, il est vrai, leur habitude.

Lorsque le juge d'instruction, quelques jours plus tard, avait demandé à Meurant de choisir un avocat, l'encadreur avait objecté qu'il n'avait pas de quoi le payer et Pierre Duché avait été désigné d'office.

De quoi avait vécu, depuis, Ginette Meurant ? A la connaissance de la police, qui avait surveillé son courrier, elle n'avait pas reçu de mandats. Elle ne semblait pas non plus avoir encaissé de chèques. Si elle n'avait pas fait beaucoup de frais, si elle avait mené, dans son appartement, une vie retirée, elle n'en avait pas moins mangé et, avant le procès, elle s'était acheté la jupe et le manteau noir qu'elle portait aux Assises.

Fallait-il croire qu'elle avait mis personnellement de l'argent de côté, à l'insu de son mari, trichant, comme un certain nombre de femmes, sur les dépenses du ménage ?

Lamblin, au Palais, s'était accroché à elle. L'avocat avait assez de flair pour prévoir que l'affaire aurait des rebondissements spectaculaires et que si, alors, il représentait la jeune femme, cela lui vaudrait une grosse publicité.

Maigret se trompait peut-être ; il était persuadé que Ginette Meurant était allée rue Monsieur-le-Prince pour se procurer des fonds plutôt que pour demander un avis.

La réputation de Lamblin étant ce qu'elle était, il avait dû lui donner de l'argent, mais au compte-gouttes. Sans doute aussi lui avait-il conseillé de ne pas quitter Paris et de s'y tenir tranquille jusqu'à nouvel ordre.

Le quartier Montparnasse n'avait pas été choisi au hasard. Ni Meurant ni Ginette n'y avaient vécu, ne l'avaient fréquenté, et il y avait peu de chances que Meurant aille chercher sa femme de ce côté.

Le commissaire retrouvait la quiète atmosphère de son appartement, déjeunait en tête à tête avec Mme Maigret et quand il rentrait au Quai, à deux heures, un message téléphonique de Janvier lui apprenait que Meurant n'avait pas quitté son domicile, où tout était calme.

Il dut aller conférer avec le directeur au sujet d'une affaire désagréable qui touchait à la politique et il était quatre heures quand Janvier l'appela à nouveau.

— Cela bouge, patron. J'ignore ce qui va se passer, mais il y aura sûrement du nouveau. Il est sorti de chez lui à deux heures quarante-cinq, porteur de paquets volumineux. Bien que cela parût lourd, il n'a pas appelé de taxi. Il est vrai qu'il n'allait pas loin. Il est entré un peu plus tard chez un brocanteur, boulevard de Ménilmontant, et y est resté longtemps à discuter avec le marchand.

— Il t'a vu ?

— Probablement. Il était difficile de me cacher, car le quartier était à peu près désert. Il a vendu sa montre, le phonographe, les disques, une pile de livres. Puis il est rentré chez lui, en est ressorti, cette fois, avec un énorme ballot dont l'emballage était constitué par un drap de lit.

» Il est retourné dans la même boutique, où il a revendu des vêtements, du linge, des couverts et des chandeliers de cuivre.

» Maintenant, il est chez lui. Je ne pense pas que ce soit pour longtemps.

En effet, Janvier rappelait cinquante minutes plus tard.

— Il est sorti une fois de plus pour se rendre faubourg Saint-Antoine, chez un encadreur. Après une assez longue conversation, celui-ci a emmené Meurant dans sa camionnette, qui s'est arrêtée rue de la Roquette, en face de la boutique que vous connaissez.

» Ils ont examiné les cadres un à un. L'homme du faubourg Saint-Antoine en a chargé un certain nombre dans sa camionnette et a remis des billets de banque à Meurant.

» J'ai oublié de vous dire qu'à présent il est rasé. J'ignore ce qu'il fait dans son atelier, mais j'ai la voiture à deux pas pour le cas...

A six heures, Maigret recevait le dernier coup de téléphone de Janvier, qui appelait de la gare de Lyon.

— Il va partir dans douze minutes, patron. Il a pris un billet de seconde classe pour Toulon. Il n'a qu'une petite mallette à la main. Pour le moment, il boit un cognac au bar ; je le vois par la vitre de la cabine.

— Il te regarde ?

— Oui.

— Quel air a-t-il ?

— L'air d'un homme qui ne s'intéresse à rien d'autre qu'à l'idée qu'il a dans la tête.

— Assure-toi qu'il prend bien ce train-là et reviens.

Le train ne s'arrêtait qu'à Dijon, Lyon, Avignon et Marseille. Maigret eut au bout du fil le commissaire de gare de chacune de ces villes, fournit le signalement de l'encadreur, signala dans quel wagon il était monté. Puis il appela la brigade mobile de Toulon.

Le commissaire qui la dirigeait et qui s'appelait Blanc était à peu près de l'âge de Maigret. Ils se connaissaient bien tous les deux car, avant d'entrer à la Sûreté, Blanc était passé par le Quai des Orfèvres.

— Ici, Maigret. Dites donc, mon vieux, j'espère que vous n'êtes pas trop occupé ? Je m'arrangerai pour que le Parquet vous envoie demain une commission rogatoire, mais il vaut mieux que je vous mette au courant dès maintenant. A quelle heure le train qui a quitté Paris à six heures dix-sept arrive-t-il à Toulon ?

— Huit heures trente-deux.

— Bon. Dans la voiture 10, à moins qu'il ait changé de place en cours de route, vous trouverez un certain Meurant.

— J'ai lu les journaux.

— Je voudrais qu'il soit pris en filature dès son débarquement.

— C'est facile. Il connaît la ville ?

— Je ne pense pas qu'il soit jamais allé dans le Midi, mais je me trompe peut-être. Meurant a un frère, Alfred.

— Je le connais. J'ai eu plusieurs fois à m'occuper de lui.

— Il est à Toulon en ce moment ?

— Je pourrai vous le dire dans une heure ou deux. Vous voulez que je vous rappelle ?

— Chez moi.

Il donna son numéro du boulevard Richard-Lenoir.

— Qu'est-ce que vous savez des activités d'Alfred Meurant ces derniers temps ?

— Il habite le plus souvent une pension qui s'appelle *les Eucalyptus*, en dehors de la ville, assez loin même, sur la colline, entre le Faron et La Valette.

— Quel genre de pension ?

— Le genre que nous avons à l'œil. Il y en a un certain nombre sur la côte, entre Marseille et Menton. Le tenancier est un nommé Lisca, dit Freddo, qui a été long-temps barman à Montmartre, rue de Douai. Freddo a épousé une belle garce, ancienne danseuse de strip-tease, et ils ont racheté *les Eucalyptus*.

» C'est Freddo qui fait la cuisine et on prétend qu'il s'y entend à merveille. La mai-son est à l'écart de la route, au bout d'un

144

chemin qui ne conduit nulle part. L'été, on mange dehors, sous les arbres.

» Des gens très bien de Toulon, des médecins, des fonctionnaires, des magistrats, vont y manger de temps en temps.

» La vraie clientèle, toutefois, ce sont les mauvais garçons qui vivent sur la Côte et qui montent périodiquement à Paris.

» Des filles aussi, qui viennent se mettre au vert.

» Vous voyez le genre ?

— Je vois.

— Deux des clients assidus, presque des pensionnaires à l'année, sont Falconi et Scapucci.

Deux hommes qui avaient un casier judiciaire chargé et qu'on rencontrait périodiquement du côté de Pigalle.

— Ce sont de grands amis d'Alfred Meurant. Ouvertement, tous les trois s'occupent de placer des machines à sous dans les bars de la région. Ils se chargent aussi de fournir des barmaids peu farouches, qu'ils font venir d'un peu partout.

» Ils ont plusieurs voitures à leur disposition et en changent souvent. Depuis un certain temps, je les soupçonne d'écouler en Italie des autos volées et maquillées à Paris ou dans la banlieue.

» Je n'ai encore rien pu prouver. Mes hommes s'en occupent.

— J'ai tout lieu de croire que Gaston

Meurant va tenter d'entrer en contact avec son frère.

— S'il s'adresse au bon endroit, il n'aura pas de peine à le trouver, à moins que le frère ait passé la consigne.

— Au cas où mon Meurant achèterait une arme ou essayerait de s'en procurer, j'aimerais être averti immédiatement.

— Compris, Maigret. On fera de son mieux. Quel temps avez-vous, là-haut ?

— Gris et froid.

— Ici, un beau soleil. A propos, j'allais oublier quelqu'un. Parmi les clients de Freddo, il y a en ce moment le nommé Kubik.

Maigret l'avait arrêté douze ans plus tôt à la suite d'un cambriolage de bijouterie, boulevard Saint-Martin.

— Il y a toutes les chances pour qu'il soit un des auteurs du vol de bijoux, le mois dernier, cours Albert-I$^{er}$, à Nice.

Ce milieu-là, Maigret le connaissait bien aussi, et il enviait un peu Blanc. Comme ses collègues, il préférait avoir affaire à des professionnels car, avec eux, on savait tout de suite sur quel terrain se déroulait la partie et il existait des règles du jeu.

Qu'est-ce que Gaston Meurant, seul dans un coin de son compartiment, allait faire avec ces gens-là ?

Maigret s'entretenait un bout de temps avec Lucas, qu'il chargeait d'organiser la

146

surveillance rue Delambre, de désigner les inspecteurs qui allaient se relayer.

Ginette Meurant avait passé l'après-midi dans sa chambre d'hôtel, vraisemblablement à dormir. Il y avait bien, comme c'était annoncé à l'extérieur, le téléphone dans les chambres, mais toutes les communications passaient par le standard.

D'après le patron, qui était auvergnat, elle ne s'était pas servie de l'appareil et on était certain que l'hôtel n'avait demandé aucune communication pour le Midi. Un spécialiste n'en était pas moins occupé à brancher la ligne sur table d'écoute.

Ginette avait tenu bon longtemps. Ou elle était d'une habileté exceptionnelle, ou bien, depuis le crime de la rue Manuel, elle n'avait pas cherché une seule fois à entrer en communication avec l'homme qu'elle avait accompagné pendant des mois, et le 26 février encore, rue Victor-Massé.

On aurait pu croire que, soudain, d'un jour à l'autre, cet homme avait cessé d'exister. De son côté, il ne semblait pas avoir essayé d'entrer en contact avec elle.

La police avait envisagé la possibilité de signaux convenus. On avait surveillé les fenêtres du boulevard de Charonne, étudié la position des rideaux, qui aurait pu avoir une signification, les lumières, les allées et venues sur le trottoir d'en face.

L'homme ne s'était pas davantage montré

aux Assises, ni aux alentours du Palais de Justice.

C'était si exceptionnel que Maigret en était impressionné.

Maintenant, elle sortait enfin, cherchait, dans ce quartier qu'elle ne connaissait pas, un restaurant bon marché, mangeait seule à une table en lisant un magazine. Puis elle allait en acheter d'autres au coin du boulevard Montparnasse, quelques romans populaires, remontait dans sa chambre où la lampe restait allumée jusque passé minuit.

Gaston Meurant, lui, roulait toujours. A Dijon, puis à Lyon, un inspecteur passait dans les couloirs, s'assurait qu'il était dans son coin et l'information arrivait boulevard Richard-Lenoir où Maigret tendait le bras dans l'obscurité pour décrocher le téléphone.

Une autre journée commençait. Passé Montélimar, Meurant trouvait le climat de la Provence et sans doute ne tardait-il pas, le visage collé à la vitre, à regarder un paysage nouveau pour lui défiler dans le soleil.

Marseille... Maigret se rasait quand il reçut l'appel de la gare Saint-Charles.

Meurant était toujours dans le train qui continuait sa route. Il n'avait pas triché : il se rendait bien à Toulon.

A Paris, le temps restait gris et, dans l'autobus, les visages étaient mornes ou

148

renfrognés. Sur le bureau, une pile de courrier administratif attendait.

Un inspecteur — Maigret ne savait plus lequel — téléphonait du bar de la rue Delambre.

— Elle dort. En tout cas les rideaux sont fermés et elle n'a pas réclamé son petit déjeuner.

Le train arrivait à Toulon. Gaston Meurant, sa mallette à la main, un policier sur les talons, errait sur la place, désorienté, et finissait par entrer à l'Hôtel des Voyageurs, où il choisissait la chambre la moins chère.

Un peu plus tard, on avait la certitude qu'il ne connaissait pas la ville, car il commençait par se perdre dans les rues, atteignait non sans peine le boulevard de Strasbourg où il pénétrait dans une grande brasserie. Il commandait, non un cognac, mais un café, interrogeait longuement le garçon qui paraissait incapable de lui fournir le renseignement demandé.

A midi, il n'avait pas trouvé ce qu'il cherchait et, comiquement, c'était le commissaire Blanc qui s'impatientait.

— J'ai voulu voir moi-même votre bonhomme, téléphonait-il à Maigret. Je l'ai trouvé dans un bar du quai Cronstadt. Il n'a pas dû beaucoup dormir dans le train. Il a l'air d'un pauvre type épuisé de fatigue qui n'en suit pas moins une idée fixe. Il s'y prend mal. Jusqu'ici, il est entré dans une quinzaine de cafés et de bars. Chaque fois, il commande de l'eau minérale. Il a tellement la mine d'un quémandeur qu'on le regarde de travers. Sa question est toujours la même :

» — Vous connaissez Alfred Meurant ?

» Barmans et garçons se méfient, surtout, justement, ceux qui le connaissent. Il y en a qui répondent par un geste vague. D'autres demandent :

» — Qu'est-ce qu'il fait ?

» — Je ne sais pas. Il vit à Toulon.

» Mon inspecteur, qui le suit pas à pas, commence à en avoir pitié et a presque envie de lui refiler le tuyau.

» Au train où va Meurant, cela peut durer longtemps et il va se ruiner en eau minérale.

Maigret connaissait assez Toulon pour connaître au moins trois endroits où Meurant aurait obtenu des nouvelles de son frère. L'encadreur finissait d'ailleurs par atteindre le bon secteur. S'il poursuivait plus avant dans les petites rues qui avoisinent le quai Cronstadt, ou encore si le hasard le poussait jusqu'au Mourillon, il finirait sans doute par décrocher le renseignement qu'il cherchait avec tant d'obstination.

Rue Delambre, Ginette Meurant avait ouvert ses rideaux, commandé du café et

150

des croissants et s'était recouchée pour lire dans son lit.

Elle ne téléphonait ni à Mᵉ Lamblin, ni à personne. Elle n'essayait pas non plus de savoir ce que son mari était devenu, ni si la police continuait à s'occuper d'elle.

Ses nerfs ne finiraient-ils pas par craquer ?

L'avocat, de son côté, n'entreprenait aucune démarche et vaquait à ses occupations habituelles.

Une idée vint à Maigret, qui pénétra dans le bureau des inspecteurs et s'approcha de Lucas.

— A quelle heure est-elle allée voir son avocat, hier ?

— Vers onze heures, si j'ai bonne mémoire. Je peux consulter le rapport.

— Ce n'est pas la peine. De toute façon, il était encore temps pour insérer une annonce dans les journaux du soir. Procure-toi tous les journaux d'hier, puis ceux de ce matin, enfin, tout à l'heure, ceux du soir. Epluche les petites annonces.

Lamblin n'avait pas la réputation d'un homme à scrupules. Si Ginette Meurant lui demandait de mettre une annonce, hésiterait-il ? C'était peu probable.

Si l'idée de Maigret était bonne, cela indiquerait qu'elle ne connaissait pas l'adresse actuelle de son ancien amant.

Si, au contraire, elle la connaissait, s'il

n'avait pas bougé depuis le mois de mars, Lamblin n'avait-il pas donné pour elle un coup de téléphone ? N'avait-elle pas pu le faire elle-même, pendant les vingt minutes passées dans le cabinet de l'avocat ?

Un détail, depuis le début de l'enquête, au printemps, avait frappé le commissaire. La liaison de la jeune femme et de l'homme décrit par Nicolas Cajou avait duré de longs mois. Durant tout l'hiver, ils s'étaient rencontrés plusieurs fois par semaine, ce qui semblait indiquer que l'amant habitait Paris.

Or, ils ne s'en rencontraient pas moins dans un hôtel meublé.

Fallait-il croire que, pour une raison ou pour une autre, l'homme ne pouvait pas recevoir sa maîtresse chez lui ?

Etait-il marié ? N'habitait-il pas seul ?

Maigret n'avait pas trouvé la réponse.

— A tout hasard, dit-il à Lucas, essaie de savoir si, hier, il y a eu un appel téléphonique de chez Lamblin pour Toulon.

Il ne pouvait rien faire d'autre qu'attendre. A Toulon, Gaston Meurant cherchait toujours et il était quatre heures et demie quand, dans un petit café devant lequel on jouait aux boules, il avait enfin obtenu le renseignement désiré.

Le garçon lui désignait la colline, se lançait dans des explications compliquées.

Maigret savait déjà, à ce moment-là, que

le frère, Alfred, était bien à Toulon et qu'il n'avait pas quitté *les Eucalyptus* depuis plus d'une semaine.

Il donnait ses instructions au commissaire Blanc.

— Avez-vous, parmi vos inspecteurs, un garçon qui ne soit pas connu de ces gens-là ?

— Mes hommes ne restent jamais longtemps inconnus, mais j'en ai un qui est arrivé il y a trois jours. Il vient de Brest, car il doit surtout s'occuper de l'arsenal. Il n'est sûrement pas encore repéré.

— Envoyez-le aux *Eucalyptus*.

— Compris. Il y sera avant Meurant, car le pauvre garçon, soit qu'il veuille faire des économies, soit qu'il n'ait aucune idée des distances, s'est mis en route à pied. Comme il y a des chances pour qu'il se perde deux ou trois fois dans les chemins de la colline...

Maigret souffrait de ne pas être sur place. Malgré leur rapidité et leur précision, les rapports qu'il recevait ne lui donnaient que des renseignements de seconde main.

Deux ou trois fois, ce jour-là, il fut tenté d'aller rue Delambre et de reprendre contact avec Ginette Meurant. Il avait l'impression, sans raison spéciale, qu'il commençait à mieux la connaître. Peut-être, maintenant, trouverait-il les questions précises auxquelles elle finirait par répondre ?

C'était encore trop tôt. Si Meurant s'était dirigé sans hésiter vers Toulon, il devait avoir ses raisons.

Au cours de l'enquête, la police n'avait rien tiré du frère, mais cela ne signifiait pas qu'il n'y avait rien à en tirer.

Gaston Meurant n'était pas armé, c'était déjà un point acquis et, pour le reste, il n'y avait qu'à attendre.

Il rentra chez lui, bougon. Mme Maigret se garda bien de l'interroger et il dîna, en pantoufles, se plongea dans la lecture des journaux, puis mit la radio, chercha un poste pas trop bavard et, n'en trouvant pas, coupa le contact avec un soupir d'aise.

A dix heures du soir, on l'appelait de Toulon. Ce n'était pas Blanc, qui assistait à un banquet, mais le jeune inspecteur de Brest, un nommé Le Goënec, que le commisaire de la brigade mobile avait envoyé aux *Eucalyptus*.

— Je vous téléphone de la gare.

— Où est Gaston Meurant ?

— Dans la salle d'attente. Il prendra le train de nuit dans une heure et demie. Il a réglé sa chambre d'hôtel.

— Il est allé aux *Eucalyptus ?*

— Oui.

— Il a vu son frère ?

— Oui. Quand il est arrivé, vers six heures, trois hommes et la patronne jouaient aux cartes dans le bar. Il y avait

Kubik, Falconi et Alfred Meurant, tous les trois très détendus. Arrivé avant lui, j'avais demandé si je pourrais dîner et dormir. Le patron était sorti de sa cuisine pour m'examiner et avait fini par me dire que oui. Muni d'un havresac, j'ai prétendu que je faisais la Côte d'Azur en auto-stop tout en cherchant du travail.

— Ils l'ont cru ?

— Je ne sais pas. En attendant l'heure du dîner, je me suis assis dans un coin, j'ai commandé du vin blanc et je me suis mis à lire. On me jetait un coup d'œil de temps en temps, mais on n'a pas eu l'air de trop se méfier. Gaston Meurant est arrivé un quart d'heure après moi. Il faisait déjà noir. On a vu s'ouvrir la porte vitrée du jardin et il est resté debout sur le seuil en regardant autour de lui avec des yeux de hibou.

— Quelle a été l'attitude du frère ?

— Il a fixé durement le nouveau venu, s'est levé, a jeté ses cartes sur la table et s'est approché de lui.

» — Qu'est-ce que tu viens faire ici, toi ? Qui est-ce qui t'a rancardé ?

» Les autres feignaient de ne pas écouter.

» — J'ai besoin de te parler, a prononcé Gaston Meurant.

» Il s'est hâté d'ajouter :

» — N'aie pas peur. Ce n'est pas après toi que j'en ai.

» — Viens ! lui a ordonné son frère en se

dirigeant vers l'escalier qui conduit aux chambres.

» Je ne pouvais pas les suivre tout de suite. Les autres se taisaient, inquiets, et commençaient à me regarder d'une façon différente. Sans doute commençaient-ils à établir une corrélation entre mon arrivée et celle de Meurant.

» Bref, j'ai continué à boire mon vin blanc et à lire.

» La bicoque, quoique repeinte à neuf, est assez vieille, mal bâtie, et on entend tous les bruits.

» Les deux frères se sont enfermés dans une chambre du premier et la voix d'Alfred Meurant, au début, était forte et dure. Si on ne distinguait pas les mots, il était clair qu'il était en colère.

» Ensuite l'autre, le Parisien, s'est mis à parler, d'une voix beaucoup plus sourde. Cela a duré longtemps, pour ainsi dire sans interruption, comme s'il racontait une histoire qu'il avait préparée.

» Après un clin d'œil à ses compagnons, la patronne est venue mettre mon couvert, comme pour faire diversion. Puis les autres ont commandé l'apéritif. Kubik est allé retrouver Freddo dans la cuisine et je ne l'ai pas revu.

» Je suppose que, pour plus de prudence, il a mis les voiles, car j'ai entendu un moteur d'auto.

— Vous n'avez aucune idée de ce qui s'est passé en haut ?

— Sinon qu'ils sont restés enfermés pendant une heure et demie. A la fin, on aurait dit que c'était Gaston Meurant, le Parisien, qui avait le dessus, et son frère qui parlait à voix basse.

» J'avais fini de dîner quand ils sont descendus. Alfred Meurant était plutôt sombre, comme si les choses ne s'étaient pas arrangées à son idée, tandis que l'autre, au contraire, se montrait plus détendu qu'à son arrivée.

» — Tu prendras bien un verre ? proposa Alfred.

» — Non. Je te remercie.

» — Tu repars déjà ?

» — Oui.

» L'un et l'autre m'ont regardé en fronçant le sourcil.

» — Je vais te reconduire en ville en auto.

» — Ce n'est pas la peine.

» — Tu ne veux pas que j'appelle un taxi ?

» — Merci.

» Ils parlaient tous les deux du bout des lèvres et on devinait que les mots n'étaient là que pour remplir un vide.

» Gaston Meurant est sorti. Son frère a refermé la porte, a été sur le point de dire quelque chose à la patronne et à Falconi mais, en m'apercevant, s'est ravisé.

» Je n'étais pas sûr de ce que je devais faire. Je n'osais pas téléphoner au chef pour lui demander des instructions. J'ai cru qu'il valait mieux suivre Gaston Meurant. Je suis sorti comme quelqu'un qui va prendre l'air après dîner, sans emporter mon havresac.

» J'ai retrouvé mon homme qui marchait à pas réguliers sur la route descendant vers la ville.

» Il s'est arrêté pour manger un morceau boulevard de la République. Puis il est allé à la gare se renseigner sur les heures des trains. Enfin, à l'Hôtel des Voyageurs, il a repris sa mallette et payé sa note.

» Depuis lors, il attend. Il ne lit pas les journaux, ne fait rien, que regarder devant lui, les yeux mi-clos. On ne peut pas dire qu'il soit souriant, mais il ne paraît pas mécontent de lui.

— Attendez qu'il monte dans le train et rappelez-moi pour me donner le numéro de sa voiture.

— D'accord. Demain matin, je remettrai mon rapport au commissaire.

L'inspecteur Le Goënec allait raccrocher quand Maigret se ravisa.

— Je voudrais qu'on s'assure qu'Alfred Meurant ne quitte pas *les Eucalyptus*.

— Vous voulez que j'y retourne ? Vous ne pensez pas que je suis brûlé ?

— Il suffira que quelqu'un de chez vous surveille la maison. J'aimerais aussi que le téléphone soit branché sur la table d'écoute. Si on appelait Paris, ou n'importe quel numéro à l'inter, qu'on m'en avise le plus vite possible.

La routine recommençait, en sens inverse : Marseille, Avignon, Lyon, Dijon étaient alertés. On laissait Gaston Meurant voyager seul, comme un grand, mais on se le passait en quelque sorte de main en main.

Il ne devait arriver à Paris qu'à onze heures trente du matin.

Maigret se couchait, avait l'impression d'avoir à peine dormi quand sa femme l'éveillait en lui apportant sa première tasse de café. Le ciel était enfin nettoyé et on voyait du soleil au-dessus des toits d'en face. Les gens, dans la rue, marchaient d'un pas plus allègre.

— Tu rentres déjeuner ?

— J'en doute. Je te téléphonerai avant midi.

Ginette Meurant n'avait pas quitté la rue Delambre. Elle passait toujours le plus clair de son temps dans son lit, ne descendait que pour manger, renouveler sa provision de magazines et de petits romans.

— Rien de nouveau, Maigret ? s'inquiétait le procureur de la République.

— Encore rien de précis, mais je ne serais pas surpris s'il y avait du nouveau très prochainement.

— Que devient Meurant ?

— Il est dans le train.

— Quel train ?

— Celui de Toulon. Il en revient. Il est allé voir son frère.

— Que s'est-il passé entre eux ?

— Ils ont eu une longue conversation, d'abord orageuse, semble-t-il, puis plus calme. Le frère n'est pas content. Gaston Meurant, au contraire, donne l'impression d'un homme qui sait enfin où il va.

Qu'est-ce que Maigret pouvait dire d'autre ? Il n'avait aucun renseignement précis à communiquer au Parquet. Depuis deux jours, il tâtonnait dans une sorte de brouillard mais, comme Gaston Meurant, il n'en avait pas moins la sensation que quelque chose se précisait.

Il était tenté d'aller tout à l'heure à la gare attendre lui-même l'encadreur. N'était-il pas préférable qu'il reste au centre des opérations ? Et, en suivant Gaston Meurant dans les rues, ne risquait-il pas de tout fausser ?

Il choisit Lapointe, sachant qu'il lui ferait plaisir, puis un autre inspecteur, Neveu, qui ne s'était pas encore occupé de l'affaire. Pendant dix ans, Neveu avait travaillé sur la voie publique et s'était spécialisé dans les voleurs à la tire.

Lapointe partit pour la gare sans savoir que Neveu n'allait pas tarder à le suivre.

Auparavant, il fallait que Maigret lui donne des instructions précises.

## 7

Pendant des années, Gaston Meurant, avec son teint clair, ses cheveux roux, ses yeux bleus, son air de mouton, avait été un timide, sans doute, mais surtout un patient, un obstiné, qui s'était efforcé, au milieu des trois millions d'habitants de Paris, d'édifier un petit bonheur à sa mesure.

Il avait appris son métier de son mieux, un métier délicat, qui demandait du goût et de la minutie, et on pouvait penser que le jour où il s'était installé à son compte, fût-ce au fond d'une cour, il avait éprouvé la satisfaction d'avoir surmonté l'obstacle le plus difficile.

Etait-ce sa timidité, ou sa prudence, la peur de se tromper, qui l'avaient tenu long-temps éloigné des femmes ? Au cours de ses interrogatoires, il avait avoué à Maigret que, jusqu'à sa rencontre avec Ginette, il s'était contenté de peu, du minimum, de contacts furtifs qui lui paraissaient honteux, sauf pour une liaison qu'il avait eue, vers dix-huit ans, avec une femme beaucoup plus âgée que lui et qui n'avait duré que quelques semaines.

Le jour où, rougissant, il avait enfin demandé à une femme de l'épouser, il avait largement dépassé la trentaine et le sort voulait que ce soit une fille qui, quelques mois plus tard, alors qu'il attendait impatiemment l'annonce d'une future naissance, lui avouait qu'elle ne pouvait pas avoir d'enfant.

Il ne s'était pas révolté. Il avait accepté, comme il acceptait qu'elle soit si différente de la compagne dont il avait rêvé.

Ils formaient un couple malgré tout. Il n'était plus seul, même s'il n'y avait pas toujours de la lumière à la fenêtre quand il rentrait le soir, si c'était lui, souvent, qui devait préparer le dîner et si, après, ils n'avaient rien à se dire.

Son rêve, à elle, était de vivre au milieu des allées et venues d'un restaurant dont elle serait la patronne et il avait cédé, sans illusions, sachant bien que l'expérience ne pouvait se solder que par un échec.

Puis, sans montrer d'amertume, il était retourné à son atelier et à ses cadres, obligé, de temps en temps, d'aller demander de l'aide à sa tante.

Pendant ces années de vie conjugale, pas plus que pendant celles qui avaient précédé, on ne décelait aucune colère, aucune impatience. Il allait son chemin avec une douce obstination, courbant sa grosse tête rouge quand il le fallait, la redressant dès que le destin semblait lui être plus clément.

En somme, il avait bâti un petit monde à lui autour de son amour et il s'y raccrochait de toutes ses forces.

Cela n'expliquait-il pas la haine qui avait soudain durci ses yeux quand Maigret avait déposé, aux Assises, substituant une autre image à celle qu'il s'était faite de Ginette ?

Acquitté contre son gré, en quelque sorte, libéré à cause des soupçons qui pesaient désormais sur sa compagne, il n'en avait pas moins quitté le Palais de Justice avec elle et côte à côte ; sans se tenir par le bras, ils avaient regagné leur logement du boulevard de Charonne.

Il n'avait pourtant pas dormi dans leur lit. Deux fois, trois fois, elle était venue lui parler, s'efforçant peut-être de le tenter, mais elle avait fini par dormir seule tandis qu'il passait la plus grande partie de la nuit à veiller dans la salle à manger.

A ce moment, pourtant, il se débattait encore, s'obstinait à douter. Peut-être aurait-il été capable de retrouver la foi. Mais cela aurait-il été pour longtemps ? La vie aurait-elle pu recommencer comme avant ? N'aurait-il pas passé, avant la crise définitive, par une série d'alternatives douloureuses ?

Il était allé voir, seul, pas rasé, une façade d'hôtel. Pour se donner du courage, il avait bu trois cognacs. Il avait encore hésité à pénétrer sous la voûte glacée du Quai des Orfèvres.

Maigret avait-il eu tort de lui parler brutalement, déclenchant le ressort qui se serait de toute façon déclenché tôt ou tard ?

Même s'il l'avait voulu, le commissaire n'aurait pu agir autrement. Meurant acquitté, Meurant non coupable, il y avait quelque part, en liberté, un homme qui avait égorgé Léontine Faverges et étouffé ensuite une petite fille de quatre ans, un tueur possédant assez de sang-froid et d'astuce pour envoyer un autre à sa place devant les tribunaux et qui avait été sur le point de réussir.

Maigret avait opéré à chaud, obligeant d'un seul coup Meurant à ouvrir les yeux, à regarder enfin la vérité en face, et c'était un autre homme qui était sorti de son bureau, un homme pour qui rien ne comptait plus désormais que son idée fixe.

Il était allé droit devant lui, ne sentant ni sa faim ni sa fatigue, passant d'un train dans un autre, incapable de s'arrêter avant d'arriver au but.

Soupçonnait-il que le commissaire avait établi un réseau de surveillance autour de lui, qu'on l'attendait au passsage dans les gares et qu'il y avait sans cesse quelqu'un sur ses talons, peut-être pour intervenir au dernier moment ?

Il ne paraissait pas s'en préoccuper, persuadé que les astuces de la police ne pouvaient rien contre sa volonté.

Les coups de téléphone succédaient aux coups de téléphone, les rapports aux rapports. Lucas avait en vain épluché les petites annonces. La table d'écoute, qui guettait les appels éventuels de Ginette Meurant, toujours dans sa chambre de la rue Delambre, n'avait rien à signaler.

L'avocat Lamblin n'avait appelé ni le Midi, ni aucun numéro de l'interurbain.

A Toulon, Alfred Meurant, le frère, n'avait pas quitté *les Eucalyptus* et, de son côté, n'avait téléphoné à personne.

On se trouvait devant le vide, un vide au milieu duquel il n'y avait qu'un homme silencieux à s'agiter comme dans un rêve.

A onze heures quarante, Lapointe appelait de la gare de Lyon.

— Il vient d'arriver, patron. Il est en train de manger des sandwiches au buffet. Il a toujours sa mallette. C'est vous qui avez envoyé Neveu à la gare ?

— Oui. Pourquoi ?

— Je me demandais si vous désiriez qu'il prenne la relève. Neveu est au buffet aussi, tout près de Meurant.

— Ne t'inquiète pas de lui. Continue.

Un quart d'heure plus tard, c'était l'inspecteur Neveu qui rendait compte à son tour.

— C'est fait, patron. Je l'ai bousculé à la sortie. Il n'a rien remarqué. Il est armé. Un gros automatique, probablement un Smith et Wesson, dans la poche droite de son veston. On ne s'en aperçoit pas trop grâce à la gabardine.

— Il a quitté la gare ?

— Oui. Il est monté dans un autobus et j'ai vu Lapointe y monter derrière lui.

— Tu peux revenir.

Meurant n'était entré chez aucun armurier. C'était fatalement à Toulon qu'il s'était procuré l'automatique qui ne pouvait donc lui avoir été remis que par son frère.

Que s'était-il passé au juste entre les deux hommes, au premier étage de la curieuse pension de famille qui servait de rendez-vous aux mauvais garçons ?

Gaston Meurant savait maintenant que son frère, lui aussi, avait eu des relations intimes avec Ginette, et pourtant ce n'était pas pour cela qu'il était allé lui réclamer des comptes.

N'espérait-il pas, en se rendant à Toulon, obtenir des renseignements sur l'homme de petite taille, aux cheveux très bruns, qui, plusieurs fois par semaine, accompagnait sa femme rue Victor-Massé ?

166

Avait-il une raison de croire que son frère était au courant ? Et avait-il trouvé enfin ce qu'il cherchait, un nom, un indice que la police cherchait en vain, de son côté, depuis plusieurs mois ?

C'était possible. C'était probable, puisqu'il avait exigé que son frère lui remette une arme.

Si Alfred Meurant avait parlé, en tout cas, ce n'était pas par affection pour son frère. Avait-il eu peur ? Gaston l'avait-il menacé ? D'une révélation quelconque ? Où d'avoir sa peau un jour ou l'autre ?

Maigret demandait Toulon, parvenait, non sans peine, à avoir le commissaire Blanc au bout du fil.

— C'est encore moi, mon vieux. Je m'excuse de tout le travail que je vous donne. On peut avoir besoin d'Alfred Meurant d'un moment à l'autre. Il n'est pas certain qu'on le trouvera le moment venu, car cela ne m'étonnerait pas que l'envie lui prenne de voyager. Jusqu'ici, je n'ai rien contre lui. Ne pourriez-vous pas le faire interpeller sous un prétexte plus ou moins plausible et le garder pendant quelques heures ?

— D'accord. Ce n'est pas difficile. Ces gens-là, j'ai toujours des questions à leur poser.

— Merci. Tâchez de savoir s'il possédait

un automatique d'assez fort calibre et s'il est toujours dans sa chambre.

— Entendu. Rien de nouveau ?

— Pas encore.

Maigret faillit ajouter que cela ne tarderait plus. Il venait d'avertir sa femme qu'il ne rentrerait pas déjeuner et, répugnant à quitter son bureau, avait commandé des sandwiches à la brasserie Dauphine.

Il regrettait toujours de n'être pas dehors, à suivre en personne Gaston Meurant. Il fumait pipe sur pipe, impatient, regardant sans cesse l'appareil téléphonique. Le soleil brillait et les feuilles jaunissantes des arbres donnaient aux quais de la Seine un air de gaîté.

— C'est vous, patron ? Il faut que je fasse vite. Je suis à la gare de l'Est. Il a déposé sa mallette à la consigne et il vient de prendre un billet pour Chelles.

— En Seine-et-Marne ?

— Oui. L'omnibus part dans quelques minutes. Il vaut mieux que je file. Je suppose que je continue à le suivre ?

— Parbleu !

— Pas d'instructions particulières ?

Quelle idée Lapointe avait-il derrière la tête ? Avait-il soupçonné la raison de la présence de Neveu à la gare de Lyon ?

Le commissaire grommela :

— Rien de spécial. Fais pour le mieux.

Il connaissait Chelles, à une vingtaine de

kilomètres de Paris, au bord du canal et de la Marne. Il se souvenait d'une grosse usine de soude caustiquc devant laquelle on voyait toujours des péniches en chargement et, une fois qu'il passait dans la région le dimanche matin, il avait aperçu toute une flottille de canoës.

La température, en vingt-quatre heures, avait changé, mais le responsable du chauffage dans les bureaux de la P.J. n'avait pas réglé la chaudière en conséquence, de sorte que la chaleur était étouffante.

Maigret mangeait un sandwich, debout devant la fenêtre, regardant vaguement la Seine. De temps en temps, il buvait une gorgée de bière, jetait un coup d'œil interrogateur au téléphone.

Le train, qui s'arrêtait à toutes les gares, devait mettre une demi-heure au moins, peut-être une heure, à atteindre Chelles.

L'inspecteur en faction rue Delambre appela le premier.

— Toujours la même chose, patron. Elle vient de sortir et elle déjeune dans le même restaurant, à la même table, comme si elle avait déjà ses habitudes.

Autant qu'il était possible de savoir, elle continuait à avoir le courage de ne pas entrer en contact avec son amant.

Etait-ce lui qui lui avait donné, dès février, dès avant le double meurtre de la rue Manuel, des instructions en conséquence ? Avait-elle peur de lui ?

Des deux, lequel avait eu l'idée du coup de téléphone qui avait déclenché l'inculpation de Gaston Meurant ?

Celui-ci, au début, n'avait pas été soupçonné. C'était lui qui s'était présenté spontanément à la police et qui s'était fait connaître comme le neveu de Léontine Faverges, dont il venait d'apprendre la mort par les journaux.

On n'avait aucune raison de perquisitionner à son domicile.

Or, quelqu'un s'impatientait. Quelqu'un avait hâte de voir l'enquête prendre une direction déterminée.

Trois jours, quatre jours avaient passé avant le coup de téléphone anonyme révélant qu'on trouverait, dans une armoire du boulevard de Charonne, un certain complet bleu taché de sang.

Lapointe ne donnait toujours pas signe de vie. C'était Toulon qui appelait.

— Il est dans le bureau de mes inspecteurs. On lui pose quelques questions sans importance et on le gardera jusqu'à nouvel avis. On trouvera bien un prétexte. On a fouillé sa chambre, sans y découvrir d'arme. Cependant, mes hommes affirment qu'il avait l'habitude de porter un automatique, ce qui lui a même valu deux condamnations.

— Il en a subi d'autres ?

— Jamais rien de sérieux, à part des poursuites pour proxénétisme. Il est trop malin.

— Merci. A tout à l'heure. Je raccroche, car j'attends un appel important d'un instant à l'autre.

Il pénétra dans le bureau voisin où Janvier venait d'arriver.

— Tu ferais bien de te tenir prêt à partir et de t'assurer qu'il y a une voiture libre dans la cour.

Il commençait à s'en vouloir de n'avoir pas tout dit à Lapointe. Il se souvenait d'un film sur la Malaisie. On y voyait un indigène entrer soudain en état d'amok, c'est-à-dire saisi, d'une seconde à l'autre, d'une fureur sacrée et marchant droit devant lui, les pupilles dilatées, un kriss à la main, tuant tout sur son passage.

Gaston Meurant n'était pas malais ni en état d'amok. Néanmoins, depuis maintenant plus de vingt-quatre heures, ne suivait-il pas une idée fixe et n'était-il pas capable de se débarrasser de tout ce qui viendrait se dresser sur son chemin ?

Le téléphone, enfin. Maigret bondissait vers l'appareil.

— C'est toi, Lapointe ?

— Oui, patron.

— A Chelles ?

— Plus loin. Je ne sais pas au juste où je

171

suis. Entre le canal et la Marne, à deux kilomètres de Chelles environ. Je n'en suis pas
sûr, car nous avons suivi un chemin compliqué.

— Meurant paraissait connaître la
route ?

— Il n'a rien demandé à personne. On a
dû lui donner des indications précises. Il
s'est arrêté de temps en temps pour reconnaître un carrefour et a fini par prendre un
chemin de terre qui conduit au bord de la
rivière. A l'intersection de ce chemin et de
l'ancien chemin de halage, qui n'est plus
qu'un sentier, il y a une auberge, d'où je
vous téléphone. La patronne m'a prévenu
que, l'hiver, elle ne sert pas à manger et ne
loue pas de chambres. Son mari est le pas-
seur d'eau. Meurant est passé devant la
maison sans s'arrêter.

» A deux cents mètres en amont, on aperçoit une bicoque délabrée autour de
laquelle des oies et des canards s'ébattent
en liberté.

— C'est là que Meurant s'est rendu ?

— Il n'est pas entré. Il s'est adressé à une
vieille femme qui lui a désigné d'un geste
la rivière.

— Où est-il en ce moment ?

— Debout au bord de l'eau, adossé à un
arbre. La vieille a plus de quatre-vingts ans.
On l'appelle la Mère aux Oies. L'aubergiste
prétend qu'elle est à moitié folle. Son nom

172

est Joséphine Millard. Il y a longtemps que son mari est mort. Depuis, elle porte toujours la même robe noire et le bruit court dans le pays qu'elle ne l'enlève pas pour dormir. Quand elle a besoin de quelque chose, elle va au marché du samedi vendre une oie ou un canard.

— Elle a eu des enfants ?

— Cela remonte si loin que l'aubergiste ne s'en souvient pas. Comme elle dit, c'était avant elle.

— C'est tout ?

— Non. Un homme vit chez elle.

— Régulièrement ?

— Depuis quelques mois, oui. Avant, il lui arrivait de disparaître pendant plusieurs jours.

— Qu'est-ce qu'il fait ?

— Rien. Il coupe du bois. Il lit. Il pêche à la ligne. Il a rafistolé un vieux canot. Pour l'instant, il est occupé à pêcher. Je l'ai vu, de loin, dans le bateau amarré à des perches, au tournant de la Marne.

— Comment est-il ?

— Je n'ai pas pu distinguer. D'après l'aubergiste, c'est un brun, râblé, à la poitrine velue.

— Petit ?

— Oui.

Il y eut un silence. Puis, hésitant, comme gêné, Lapointe questionna :

— Vous venez, patron ?

Lapointe n'avait pas peur. Ne sentait-il pas, cependant, qu'il allait avoir à prendre des responsabilités au-dessus de ses forces ?

— En auto, vous en avez pour moins d'une demi-heure.

— J'y vais.

— Qu'est-ce que je fais, en attendant ?

Maigret hésitait, finissait par laisser tomber :

— Rien.

— Je reste à l'auberge ?

— Tu peux, d'où tu es, apercevoir Meurant ?

— Oui.

— Dans ce cas, reste.

Il pénétra dans le bureau voisin, fit signe à Janvier qui attendait. Au moment de sortir, il se ravisa, s'approcha de Lucas.

— Monte aux Sommiers et vois s'il y a quelque chose au nom de Millard.

— Bien, patron. Je vous téléphone quelque part ?

— Non. Je ne sais pas au juste où je vais. Au-delà de Chelles, quelque part au bord de la Marne. Si tu avais quelque chose à me communiquer d'urgence, demande à la gendarmerie locale le nom d'une auberge à deux kilomètres environ en amont.

Janvier prit le volant de la petite auto noire, car Maigret n'avait jamais voulu apprendre à conduire.

— Du nouveau, patron ?

— Oui.

L'inspecteur n'osait pas insister et, après un long silence, le commissaire grommela d'un air mécontent :

— Seulement, je ne sais pas quoi au juste.

Il n'était pas sûr d'être très pressé d'arriver là-bas. Il préférait ne pas l'avouer, ni se l'avouer à lui-même.

— Tu connais le chemin ?

— Il m'est arrivé d'aller déjeuner par là le dimanche avec ma femme et les enfants.

Ils traversaient la banlieue, trouvaient les premiers terrains vagues, puis les premiers prés. A Chelles, ils s'arrêtaient, hésitants, à un carrefour.

— Si c'est en amont, nous devons prendre à droite.

— Essaie.

Au moment où ils sortaient de la ville, une voiture de la gendarmerie, dont la sirène fonctionnait, les dépassa, et Janvier regarda Maigret en silence.

Celui-ci ne dit rien non plus. Beaucoup plus loin, il laissa tomber en mordillant le tuyau de sa pipe :

— Je suppose que c'est fait.

Car l'auto de la gendarmerie se dirigeait vers la Marne qu'on commençait à apercevoir entre les arbres. A droite se dressait une auberge aux briques peintes en jaune.

Une femme qui paraissait surexcitée se tenait sur le seuil.

La voiture de la gendarmerie, qui ne pouvait pas aller plus loin, était arrêtée au bord du chemin. Maigret et Janvier sortirent de la leur. La femme, qui gesticulait, leur cria quelque chose qu'ils n'entendirent pas.

Ils marchaient vers la bicoque entourée d'oies et de canards. Les gendarmes, qui l'avaient atteinte avant eux, interpellaient deux hommes qui paraissaient les attendre. L'un était Lapointe. L'autre ressemblait, de loin, à Gaston Meurant.

Les gendarmes étaient trois, dont un lieutenant. Une vieille femme, sur le seuil, regardait tout ce monde en hochant la tête, ne semblait pas comprendre au juste ce qui se passait. Personne, d'ailleurs, ne comprenait, sinon, peut-être, Meurant et Lapointe.

Machinalement, Maigret cherchait des yeux un cadavre, n'en voyait pas. Lapointe lui disait :

— Dans l'eau...

Mais, dans l'eau, on ne voyait rien non plus.

Quant à Gaston Meurant, il était calme, presque souriant, et quand le commissaire se décida enfin à le regarder en face, on aurait dit que l'encadreur lui adressait un remerciement muet.

Lapointe expliquait, autant pour son chef que pour les gendarmes :

— L'homme a cessé de pêcher et a détaché son bateau des perches que vous voyez là-bas.

— Qui est-ce ?

— J'ignore son nom. Il portait un pantalon de grosse toile et un tricot de marin à col roulé. Il s'est mis à ramer pour traverser la rivière en travers du courant.

— Où étiez-vous ? questionnait le lieutenant de gendarmerie.

— A l'auberge. Je suivais la scène par la fenêtre. Je venais de téléphoner au commissaire Maigret...

Il désignait celui-ci et l'officier, confus, s'avançait vers lui.

— Je vous demande pardon, monsieur le commissaire. Je m'attendais si peu à vous rencontrer ici que je ne vous ai pas reconnu. L'inspecteur nous a fait téléphoner par l'aubergiste, qui nous a dit simplement qu'un homme venait d'être tué et de tomber à l'eau. J'ai aussitôt alerté la brigade mobile...

On entendait un bruit de moteur du côté de l'auberge.

— Les voilà !

Les nouveaux venus ajoutaient au désordre et à l'incompréhension. On se trouvait en Seine-et-Marne et Maigret n'avait aucun titre pour se mêler de l'enquête.

C'était pourtant vers le commissaire que chacun se tournait.

— On ne lui passe pas les menottes ?

— Cela vous regarde, lieutenant. Je ne pense pas, quant à moi, que ce soit nécessaire.

La fièvre de Meurant était tombée. Il écoutait distraitement ce qui se disait comme si cela ne l'eût pas concerné. Le plus souvent, il fixait les eaux troubles de la Marne, en aval.

Lapointe continuait à expliquer :

— Pendant qu'il ramait, l'homme qui était dans le bateau tournait le dos à la berge. Il ne pouvait donc voir Meurant, qui se tenait près de cet arbre.

— Vous saviez qu'il allait tirer ?

— J'ignorais qu'il était armé.

Le visage de Maigret restait impassible. Pourtant Janvier lui jetait un petit coup d'œil, comme quelqu'un qui croit tout à coup comprendre.

— L'avant du bateau a touché le rivage. Le rameur s'est levé, a saisi l'amarre et, à l'instant où il se retournait, il s'est trouvé face à face avec Meurant, de qui il n'était séparé que par trois mètres à peine.

» J'ignore si des paroles ont été échangées. J'étais trop loin.

» Presque tout de suite, Meurant a tiré

178

un automatique de sa poche et a étendu le bras droit.

» L'autre, debout dans l'embarcation, a dû être touché par les deux balles tirées coup sur coup. Il a lâché l'amarre. Ses mains ont battu l'air et il est tombé dans l'eau face la première...

Tout le monde, maintenant, regardait la rivière. La pluie des derniers jours avait grossi les eaux qui avaient une teinte jaunâtre et qui, à certains endroits, formaient de gros remous.

— J'ai demandé à l'aubergiste de prévenir la gendarmerie et je suis accouru...

— Vous êtes armé ?

— Non.

Lapointe ajouta peut-être étourdiment :

— Il n'y avait pas de danger.

Les gendarmes ne comprirent pas. Les hommes de la brigade mobile non plus. Même s'ils avaient lu le compte rendu du procès dans les journaux, ils n'étaient pas au courant des détails de l'affaire.

— Meurant n'a pas essayé de fuir. Il est resté à l'endroit où il était, à regarder le corps disparaître, puis reparaître ensuite deux ou trois fois, toujours un peu plus loin, avant de sombrer définitivement.

» Quand je suis arrivé près de lui, il a laissé tomber son arme. Je n'y ai pas touché.

L'automatique s'était incrusté dans la

boue du chemin, à côté d'une branche morte.

— Il n'a rien dit ?

— Seulement deux mots :

» — C'est fini.

C'était fini, en effet, pour Gaston Meurant, de se débattre. Son corps paraissait plus mou, son visage bouffi par la fatigue.

Il ne triomphait pas, n'éprouvait aucun besoin de s'expliquer, de se justifier. C'était une affaire qui ne regardait que lui.

A ses yeux, il avait fait ce qu'il devait faire.

Aurait-il jamais trouvé la paix autrement ? La trouverait-il désormais ?

Le Parquet de Melun ne tarderait pas à arriver sur les lieux. La folle, sur son seuil, hochait toujours la tête, n'ayant jamais vu autant de monde autour de sa maison.

— Il est possible, dit Maigret à ses collègues, que, quand vous fouillerez la bicoque, vous fassiez des découvertes.

Il aurait pu rester avec eux, assister à la perquisition.

— Messieurs, je vous enverrai tous les renseignements dont vous aurez besoin.

Il ne ramènerait pas Meurant à Paris, car Meurant n'appartenait plus au Quai des Orfèvres, ni au Parquet de la Seine.

Ce serait dans un autre palais de justice, à Melun, qu'il comparaîtrait pour la seconde fois devant les Assises.

Maigret interrogeait tour à tour Lapointe et Janvier :

— Vous venez, mes enfants ?

Il serrait les mains autour de lui. Puis, au moment de tourner le dos, il avait un dernier regard pour le mari de Ginette.

Soudain conscient de sa fatigue, sans doute, l'homme s'était à nouveau adossé à l'arbre et regardait partir le commissaire avec une sorte de mélancolie.

## 8

Il y eut peu de paroles échangées pendant le retour. Plusieurs fois, Lapointe ouvrit la bouche, mais le silence de Maigret était si dense, si volontaire, qu'il n'osa rien dire.

Janvier conduisait et, petit à petit, avait l'impression de comprendre.

Quelques kilomètres de différence et c'étaient eux qui auraient ramené Gaston Meurant.

— Cela vaut peut-être mieux ainsi, murmura Janvier comme s'il se parlait à lui-même.

Maigret n'approuva ni ne désapprouva. A quoi, d'ailleurs, Janvier avait-il au juste fait allusion ?

Ils gravissaient tous les trois l'escalier de la P.J., se séparaient dans le couloir, Lapointe et Janvier pour entrer dans le bureau des inspecteurs, Maigret pour pénétrer dans le sien, où il suspendit son manteau et son chapeau dans le placard.

Il ne toucha pas à la bouteille de cognac qu'il gardait en réserve pour certains clients. Il avait à peine eu le temps de bourrer une pipe que Lucas frappait et déposait devant lui un épais dossier.

— J'ai trouvé ça là-haut, patron. On dirait que ça colle.

Et ça collait, en effet. C'était le dossier d'un nommé Pierre Millard, dit Pierrot, trente-deux ans, né à Paris dans le quartier de la Goutte-d'Or.

Dès l'âge de dix-huit ans, il avait sa fiche, car il comparaissait une première fois au tribunal de la Seine pour proxénétisme. Puis c'étaient deux autres condamnations pour le même motif, avec séjour à Fresnes, ensuite une condamnation pour coups et blessures à Marseille et enfin cinq ans en centrale, à Fontevrault, pour cambriolage, dans une usine de Bordeaux, avec coups et violences sur la personne d'un gardien de nuit qu'on avait retrouvé à moitié mort.

Il était sorti de centrale un an et demi plus tôt. Depuis, on perdait sa trace.

Maigret décrochait le téléphone, appelait Toulon.

— C'est vous, Blanc ? Eh ! bien, mon vieux, ici, c'est fini. Deux balles dans la peau d'un certain Pierre Millard, dit Pierrot.

— Un petit brun ?

— Oui. On est en train de rechercher son

184

corps dans la Marne, où il est tombé tête première. Le nom vous dit quelque chose ?

— Il faudrait que j'en parle à mes hommes. Il me semble qu'il a rôdé par ici il y a un peu plus d'un an.

— C'est vraisemblable. Il sortait de Fontevrault et il était donc interdit de séjour. Peut-être, maintenant que vous connaissez son nom, pourriez-vous poser quelques questions précises à Alfred Meurant ? Il est toujours chez vous ?

— Oui. Voulez-vous que je vous rappelle ?

— Merci.

A Paris, en tout cas, Millard avait été prudent. S'il y venait fréquemment, presque chaque jour, il prenait soin de ne pas y coucher. Il avait trouvé un abri sûr au bord de la Marne, dans la bicoque de la vieille femme, qui devait être sa grand-mère.

Il n'en avait pas bougé depuis le double crime de la rue Manuel. Ginette Meurant n'avait pas essayé de le rejoindre. Elle ne lui avait envoyé aucun message. Peut-être ignorait-elle l'endroit où il se cachait.

Si les choses s'étaient passées autrement, si Nicolas Cajou, en particulier, n'avait pas témoigné, Gaston Meurant aurait été condamné à mort ou aux travaux forcés à perpétuité. Au mieux, à la faveur d'un léger doute et de son passé honorable, s'en serait-il tiré avec vingt ans.

Millard, alors, une fois le verdict rendu, aurait pu sortir de son trou, gagner la province ou l'étranger, où Ginette n'aurait plus eu qu'à le rejoindre.

— Allô, oui...

On l'appelait de Seine-et-Marne. C'était la brigade mobile de Gournay qui lui annonçait qu'on avait retrouvé des pièces d'or, des titres au porteur et un certain nombre de billets de banque dans un vieux portefeuille.

Le tout était enterré, protégé par une boîte de fer, dans l'enclos des canards et des oies.

On n'avait pas encore repêché le corps qu'on espérait retrouver, comme la plupart des noyés du bief, au barrage de Chelles, où l'éclusier avait l'habitude.

On avait fait d'autres découvertes dans la maison de la vieille, entre autres, au grenier, une antique malle qui contenait une robe de mariée second Empire, un habit, d'autres robes, certaines en soie puce ou bleu pastel, garnies de dentelles jaunies. La trouvaille la plus inattendue était un uniforme de zouave du début du siècle.

La Mère aux Oies se souvenait à peine de sa famille et la mort de son petit-fils ne semblait pas l'avoir affectée. Quand on avait parlé de l'emmener à Gournay pour l'interroger, elle ne s'était inquiétée que de ses volailles et on avait dû lui promettre de la ramener le soir même.

On ne s'occuperait sans doute guère de son passé, ni de ses enfants, dont on avait perdu la trace.

Elle vivrait peut-être encore des années dans sa bicoque du bord de l'eau.

— Janvier !

— Oui, patron.

— Tu veux prendre Lapointe avec toi et te rendre rue Delambre ?

— Je dois la ramener ?

— Oui.

— Vous ne pensez pas que je ferais mieux de me munir d'un mandat ?

Maigret, en tant qu'officier de police judiciaire, avait le droit de signer un mandat d'amener et le fit séance tenante.

— Si elle pose des questions ?

— Tu ne dis rien.

— Je lui passe les menottes ?

— Seulement si c'est indispensable.

Blanc rappelait de Toulon.

— Je viens de lui poser quelques questions intéressantes.

— Vous lui avez annoncé la mort de Millard ?

— Bien entendu.

— Il a paru surpris ?

— Non. Il ne s'est même pas donné la peine de faire semblant.

— Il s'est mis à table ?

187

— Plus ou moins. C'est à vous d'en juger. Il a eu soin de ne rien dire qui puisse l'incriminer. Il admet qu'il connaissait Millard. Il l'a rencontré plusieurs fois, voilà plus de sept ans, à Paris et à Marseille. Puis Millard a écopé de cinq ans et Alfred Meurant est resté sans nouvelles.

» A sa sortie de Fontevrault, Millard est revenu rôder à Marseille, puis à Toulon. Il était assez mal en point et essayait de se remettre en selle. Son idée, d'après Meurant, n'était plus de bricoler, mais de réussir un gros coup qui le tirerait d'affaire une fois pour toutes.

» Dès qu'il aurait remonté sa garde-robe, il avait l'intention de gagner Paris.

» Il n'est resté que quelques semaines sur la Côte. Meurant admet qu'il lui a remis de petites sommes, qu'il l'a présenté à des copains et que ceux-ci l'ont aidé à leur tour.

» Quant à la question de Ginette Meurant, son beau-frère en parle comme d'une plaisanterie. Il aurait dit à Millard, au moment de son départ :

» — S'il t'arrive de manquer de femmes, il y a toujours ma petite belle-sœur, qui est mariée à un imbécile et qui s'ennuie.

» Il jure qu'il n'y a rien eu d'autre. Il a donné l'adresse de Ginette, ajoutant qu'elle fréquentait volontiers un bal de la rue des Gravilliers.

» A l'en croire, Pierre Millard ne lui a

plus donné de ses nouvelles et il n'en a pas reçu non plus de Ginette.

Ce n'était pas nécessairement vrai, mais c'était plausible.

— Qu'est-ce que j'en fais ?

— Vous prenez sa déposition et vous le relâchez. Ne le perdez quand même pas de vue, car on aura besoin de lui au procès.

S'il y avait procès ! Une nouvelle enquête allait commencer, dès que Lapointe et Janvier amèneraient Ginette Meurant dans le bureau de Maigret.

Etablirait-on d'une façon suffisante sa complicité avec son amant ?

Nicolas Cajou irait reconnaître le corps de Millard, puis la femme de chambre, d'autres encore.

Ensuite, ce serait l'instruction, puis, éventuellement, la transmission du dossier à la chambre des mises en accusation.

Pendant tout ce temps-là, il était plus que probable que Ginette resterait en prison.

Puis, un jour, elle passerait aux Assises à son tour.

Maigret serait appelé comme témoin, une fois de plus. Les jurés essayeraient de comprendre quelque chose à cette histoire qui se déroulait dans un monde si différent de leur univers familier.

Avant cela, parce que l'affaire était plus simple et le tableau moins chargé aux

Assises de Seine-et-Marne, Maigret serait convoqué à Melun.

Avec d'autres témoins, on l'enfermerait dans une pièce sombre et feutrée comme une sacristie où il attendrait son tour en regardant la porte et en écoutant les échos assourdis de l'audience.

Il retrouverait Gaston Meurant entre deux gendarmes, jurerait de dire la vérité, toute la vérité, rien que la vérité.

La dirait-il vraiment toute ? N'avait-il pas pris, à certain moment, tandis que le téléphone sonnait sans cesse dans son bureau, d'où il tenait en quelque sorte tous les fils des personnages, une responsabilité difficile à expliquer ?

N'aurait-il pas pu...

Dans deux ans, il n'aurait plus à se charger des problèmes des autres. Il vivrait avec Mme Maigret loin du Quai des Orfèvres et des palais de justice où on juge les hommes, dans une vieille maison qui ressemblait à un presbytère, et, pendant des heures, il resterait assis dans une barque amarrée à des fiches, à regarder couler l'eau et à pêcher à la ligne.

Son bureau était plein de fumée de pipe. On entendait, à côté, cliqueter des machines à écrire, sonner des téléphones.

Il sursauta quand, après un léger coup frappé à la porte, celle-ci s'ouvrit sur la jeune silhouette de Lapointe.

Eut-il vraiment un mouvement de recul, comme si on venait lui réclamer des comptes ?

— Elle est ici, patron. Vous voulez la voir tout de suite ?

Et Lapointe attendait, voyant bien que Maigret sortait lentement d'un rêve — ou d'un cauchemar.

*Noland (Vaud), le 23 novembre 1959.*

Composition réalisée par JOUVE

Achevé d'imprimer en mars 2009, en France sur Presse Offset par
Maury-Imprimeur - 45330 Malesherbes
N° d'imprimeur : 144286
Dépôt légal 1re publication : octobre 2001
Édition 03 - mars 2009
LIBRAIRIE GÉNÉRALE FRANÇAISE - 31, rue de Fleurus - 75278 Paris Cedex 06

31/4237/9